곱고운 색깔로 물들기를 바라며

소통과 힐링의 시 17

곱고운 색깔로
물들기를
바라며

임경순 시집

소통과 힐링의 시 17

곱고운 색깔로 물들기를 바라며

초판 인쇄 ㅣ 2020년 7월 27일
초판 발행 ㅣ 2020년 7월 30일

지은이 ㅣ 임경순

펴낸곳 ㅣ 출판이안

펴낸이 ㅣ 이인환
등　록 ㅣ 2010년 제2010-4호
편　집 ㅣ 이도경, 김민주
주　소 ㅣ 경기도 이천시 호법면 단천리 414-6
전　화 ㅣ 010-2538-8468
인　쇄 ㅣ 세종피앤피
이메일 ㅣ yakyeo@hanmail.net

ISBN : 979-11-85772-80-6(03810)

「이 도서의 국립중앙도서관 출판예정도서목록(CIP)은 서지
정보유통지원시스템 홈페이지(http://seoji.nl.go.kr)와 국가
자료공동목록시스템(http://www.nl.go.kr/kolisnet)에서 이
용하실 수 있습니다. (CIP제어번호: CIP2020029495)」

값 11,500원

백련

아침이슬
연잎 위에 또로록
새악시처럼
해맑게 미소짓는 백련이여

진흙탕 물
더러움에 물들지 않고
청아하게 웃음 짓는
백련이여

보는 이 마음 씻어
넘침 없이 담아내는
그 얼굴은
욕심 없는 마음의 거울

1부 곱고운 색깔로 물들기를 바라며

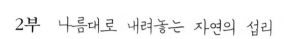

2부　나름대로 내려놓는 자연의 섭리

3부 사랑의 불씨를 잘 가꾸면

4부　내 곁에 좀 더 있어 주지 그랬어

5부 잘 살기를 바라는 마음도 욕심이런가

1부

곱고운 색깔로 물들기를 바라며

봄을 먹는다

망초나물 뜯어서 다듬고
기름나물 잣나물 튼실한 냉이뿌리
함께 뜯었네
씀베나물 머위잎 쪽파도
딱 맞게 자랐다

쪽파는 살짝 데쳐 돌돌 말아 새콤달콤
보리고추장에 무쳤다
씀베나물 초고추장에 무치고,
망초나물과 여러가지 나물 섞어서
들기름 듬뿍 넣어 갖은 양념에
조물조물 무쳤다

머위잎은 된장에 들깻가루 솔솔 뿌려 무치고
된장에 쌈을 싸 먹으면 일품이다
된장찌개 빠글빠글 끓여서
봄밥상을 차렸다

춘곤증 나른한 봄에
봄나물밥상 요것저것 모두 넣고
비빔밥 한 숟갈
크게 떠서 먹는다

나는 오늘 봄을 먹는다

봄김치 담으며

열무 다듬어 손질해 놓고
돌미나리 돌나물 뜯어서 살살 씻어 놓고
무는 나박나박 썰어야지
통고추 불려서 믹서에 갈았다

나박 썬 무에 고추물 들이고
열무 넣고 미나리 함께
살짝쿵 섞어주고
돌나물은 맨 뒤에
입맛 나게 청양고추도 쬐끔
간 맞추어 단지에 담고

새콤달콤 먹는 날을 기다린다
입속에 침이 고인다

여름날의 추억

아버지 소꼴 베어 오실 때가 되면
풀 지게 마당에 내려놓기를
목 빼고 기다렸었지

우리 남매 풀 지게를 마구 헤집어
참외며 수박을 찾아내었지
아버지는 여름이면 밭두럭 풀 깎아
지게에 얹고 깨질세라
잘 익은 참외 수박 가운데 묻어
풀 한 짐 지고서 집에 오셨지
갓 따온 참외를 풀에 쓱쓱 문질러
와삭 베어 물면 단물이
한 입 그득했었지

앞마당에 멍석 펴놓고
저녁상 물리면
울 아버지
뺑쑥 베어 연기 내어
모깃불 피웠네

잘 익은 수박 한 통 쩍 갈라놓으면
누가 먼저랄 것도 없이
가져다 하모니카 불었네
하늘엔 별이 총총 떠 있었고

비 오는 날

나 어릴 때 비 오는 날이 너무 좋았지
맑은 날은 언제나 들에 사셨던 엄마
학교 다녀왔을 때도 엄마는 집에 없었지
마디마디 굵어진 손에는 언제나
호미가 들려 있었지

어쩌다 비 오는 날이면
애호박 송송 부침개 부치셨고
고추장 살짝 넣은 장떡도
감자 삶아 찹쌀가루 부슬부슬
빨간 강낭콩 함께 올려
감자범벅도 해주셨지

비 오는 날은 그렇게 잔칫날이 되었고
엄마가 곁에 있어 좋았지
맛난 음식을 맛볼 수 있었으니
이보다 좋을 순 없었네

요즘도 비 오는 날이 좋아
빗소리 들으면
차 한잔 앞에 놓고
엄마 얼굴 떠올리네

엄마의 국수

어릴 적 보릿고개 울 엄마 점심 한 끼는
밀가루 뭉쳐서 돌려가며
주물럭주물럭 힘주어 반죽을 했었지
어느 정도 반질반질해질 때쯤
둥그렇게 홍두깨 방망이로
요리조리 돌려가며 붙지 말라고
밀가루 훌훌 뿌려가며 밀고 또 밀어가면
반죽은 요술처럼 점점 커져
쟁반 같은 커다란 달님이 되었지

마치 옷감 천을 접듯이 밀가루 뿌려가며
착착 접어서 슥슥 싹싹 썰어서 실타래 만들어
끓는 물에 훌훌 털어 삶아 내셨지
뜨겁다고 삶은 국수 찬물에 헹궈
다시 삶은 물에 간 맞추고
채 친 호박 데쳐 내어 담백하게 무치고
한 그릇씩 국물에 말아내고 호박나물 고명 올려
두레상 둥그런 상에 둘러앉아
국수가락 쫀득쫀득
국물은 후르룩 후륵

천렵

뜨거운 태양이
온 나라를 불구덩이로
달구는 요즘
지인들과 함께 냇가를 찾았다
시원한 냇물에 발을 담그니
더위는 잠시 물러갔다

어항을 놓아 고기를 잡으려니
옛날 어른들의 물놀이 겸 휴가로
천렵이란 고유의
놀이문화가 생각났다

농촌의 일들이 어느 정도 한가할 때쯤이면
일손을 잠시 멈추고
냇가로 나가 그물을 쳐서
고기 잡아
고추장 얼큰히 풀고
불쏘시개로 솥을 팔팔 끓여
고기 넣고 국수 넣고 풋고추 어슷어슷
대파도 숭덩숭덩 마늘 찧어 듬뿍 넣고
고춧가루 솔솔
간 맞추어 푹 끓여내면
한 대접 후르륵 후르륵
땀을 뻘뻘 흘리며
한철이 뚝딱이었지

오늘은 우리도
모처럼 천렵을 시작하며
시원한 한여름에 추억을 만들며
어릴 때로 돌아가 보았다

맨 처음 잡은 고기는
어국수를 해 먹고
다음에 잡은 고기는 튀김을 해서
맛나게 먹었는데
마지막 도리뱅뱅은
요즘 유행하는 신메뉴 추가다

모처럼 힐링하며
자연에 푹 빠진 하루였네
천렵이란 우리의 고유한 놀이문화가
우리 대에서 끊기지 않고
이어져 내려갔으면

그러려면 깨끗한 자연을
우리 후손에게 물려줘야 한다
천렵은 자연과 함께 해야 하니까

꽁보리밥

햇보리 쌀 방앗간에 서둘러 찧었다
농사 지은 곡식들이 바닥을 보일 때쯤
이맘때면 우리나라 보릿고개 찾아왔다

울 엄마 줄을 그어 만든 옹백이에
갓 찧은 보리쌀 넉넉히 퍼서
우물가로 나가면
어느새 동네 아낙네들
모두 모여 보리쌀을 닦는다.

두레박 물을 퍼서 박박 슥슥싹
문질러 헹궈내고 또 닦아
헹구길 수십 번 누렇던 보리쌀
쌀알처럼 하얘진 보리쌀
옹백이 가득 찬 물과 함께
똬리 위에 이고 넘실넘실 집에 왔었지

더워서 내어 건 무쇠솥에
보리쌀 일어 앉히고
털고 난 보릿대 말린 땔감에 불을 붙이면
타닥타닥 마디가 터지며 잘도 탔었지

한 소큼 애벌 끓여서 점심 저녁
먹을 건 바구니에 건졌고
나머지 쌀 한 되 같이 안쳐 감자 몇 알
강낭콩 두어줌 함께 밥을 지었지

제일 먼저 하얀 쌀밥 한 사발
할아버지 진지 퍼내고
그 다음 좀 섞어서 아버지 한 사발
그 다음 감자 퍼벅퍼벅 으깨고
강낭콩 홀홀 섞어 쌀밥인지
보리밥인지 모르게 섞어서 퍼주셨지

된장찌개 열무김치에
호박 가지나물 비비면
꿀떡꿀떡 잘도 넘어갔었지

이젠 울 엄마 가고 없는데
옛날 생각에 꽁보리밥을 해봐도
그때 그 맛이 아니네
같이 먹을 식구들도 없으니
그 맛을 알기나 할까
꽁당 보리밥
보릿고개 사연을

오이

여름철 식탁에 오이가 없다면?
맛난 오이 먹어볼까나

오이냉국
오이를 나붓나붓 썰어서
옆으로 종종종 썰어서
깨부생이 비벼 넣고
고추가루 한 꼬집
식초 한두 방울 똑똑
시원한 냉수에 얼음 동동
시원한 오이냉국

오이지 무침
쪼글쪼글 노랗게 잘 익은
오이지를 납짝납짝 썰어서
물에 헹궈 간 맞춰서
꼬옥 짜서 갖은 양념에
조물락조물락 무쳐주면
밥맛 없을 때 밥을 물에 말아
올려 먹으면
오닥오닥 맛있는 밥도둑

오이노각 나물
살짝 나이든 오이를
벗겨서 굵은 채 만들어
소금에 조물조물 절여서
망에 넣어 꼭 짜고
맛난 고추장 한 스푼
깨부생이 고추가루 살짝
조물조물 무쳐서
열무김치 함께 넣고 밥을 쓱쓱
너무 맛난 비빔밥

여름철 없어서는
안 되는 오이
흔한 식재료라고
깔보면 안 되는
소중한 오이

뽕나무

어린 잎 내어 뽕잎차 만들고
중간 잎 내어 뽕잎나물 만들고
열매 맺어 까만 오디
아낌없이 주는 나무

새봄이 찾아와 새싹들이 움트면
제일 먼저 올라오는 어린 잎 덕어서
맛있는 뽕잎차 만든다.
구수하고 맛나서
어른 아이 모두 좋아하는
건강차가 되고
중간쯤 되는 잎은 데쳐 말려
겨울에 나물로 먹으면
더없이 맛난 묵나물이 되고

열매 맺어 뭇새들에게 먹이가 되어주고
우리에겐 달달하고 맛있는 간식을 주네
뿌리까지 내어서 건강약재로 주는 나무
아낌없이 주는 나무

어디 또 있을까?
꼭 필요한 그 곳에
베풀어주는 나무

고구마 범벅

우리 엄마 햇고구마 캘 때쯤이면
달달한 고구마로 케이크 같기도 하고
떡 같기도 한 범벅을 해서
우리 남매 간식을 만들어 주셨지

빨갛게 색이 고운 고구마 무쇠솥에 푹 찌고
그 위에 풋동부 넉넉히 따다 까서 넣고
밤도 넣어주고 찹쌀가루 버물버물
버무린 가루를 솔솔 뿌려주고
한 소끔 뜸 들여 주면
구수하게 퍼지는 냄새 맡고 기웃기웃
부엌을 들락거리며 뜸 들기를 기다린다

그 시간이 왜 그리 길었던지
드디어 솥뚜껑이 열리고
커다란 막대 주걱으로
고구마를 퍽퍽 다져서
찹쌀가루 떡과 동부랑 밤이랑
잘 섞어서 범벅 한 그릇씩 퍼주셨네
달달한 맛과 동부 밤 어울려
세상에서 제일 맛있었던 간식

고사떡

올 한 해도 풍수해 견디며
잘 자라준 농산물 추수하여 갈무리하고
제일 먼저 조상님과 천지신명 모든 신들께
정성 들여 지은 곡식으로
시월 상달 날을 가려 고사 채비를 한다

몇 달 동안 보살피며 키워낸 호박
햇빛 받아 하얗게 분이 난 호박을 따
호박고지 켜서 널었다
일주일을 기다려
맛좋은 떡 재료 호박고지가 된다

햇팥을 털어서 포근포근 삶아주고
밤 넣고 콩도 넣고 호박고지 함께 떡을 찐다
찰 고사떡 김이 솔솔
조상님 전 올 한해도 보살펴 주심에
감사의 기도를 올린다

맛좋은 고사떡 모락모락 김이 나는 찰떡
두어 쪽씩 이웃과 나누어 먹으려
난 매년 고사떡을 한다
올해도 우리집 마지막 행사
고사떡을 챙겨 들고
신바람에 떡을 돌린다

맛난 밥 맛난 죽

하얀 쌀에다 검은 쌀 한 줌
보리쌀 한 줌 귀리 한 줌
수수쌀 듬뿍 넣어 안치고
파란 완두콩 검은 강낭콩
솔솔 얹어 밥을 짓는다

샛노란 떡호박 껍질 벗겨 숭덩숭덩 잘라놓고
찹쌀 한 컵 안치고 물을 부어 맞춰 놓고
녹두 한 줌 집어놓고
완두콩 색깔 맞춰 넣어주고
이젠 됐나 적당히 끓여주면
아 참
맛나는 호박죽

아들 며느리들아
맛나게 밥과 죽을 이렇게 해보렴
엄마 가고 없더라도

산수유

노오란 봉오리가 너무 귀여워
가만히 들여다 보면 좁쌀만한 꽃
알알이 모여 한 송이를 이루고
그 송이송이 모여서
한 그루를 이룬다

머얼리 보면 더 멋진 꽃
알고 보면 버릴 것이 없는 나무
가을엔 빨간 열매 곱기도 하지
붉은 수정 알알이 한겨울 눈이 쌓이면
초가집 장독대 곁 순수한 꽃
예쁜 동양화가 이리 예쁠까?

봄에는 예쁜 꽃 눈이 즐겁고
여름엔 푸른 잎 싱그러워라
가을엔 열매 맺어 풍성함을 전하고
빨간 열매 위 쌓인 눈은
한 폭에 그림이어라

제일 먼저 봄을 알리고
누군가의 허한 몸에 보약이 되고
막걸리로 변한 열매
구비구비 인생길 시름을 달래주네

도라지꽃

보랏빛 아름답고
정갈한 꽃
한여름 뜨거운 태양을 이고
잡초 속에 피어 있어도
돋보이는 모습 맑고 순수해라

시골 새악시처럼
부끄러 살포시 꽃잎 피우고
누가 볼까
바위 곁에 숨어 서서
배시시 미소 지었네

매미 소리 매암매암
쓰르라미 쓰람쓰람
울다 지쳐 졸고 있는데
해맑은 모습으로 웃고 있는
보랏빛 도라지꽃

시집간 큰언니
기다리며 뒷동산 오를 때
바위 옆에 숨어서
수줍게 피어나던
보랏빛 예쁜 꽃
도라지꽃

패랭이꽃

울 엄마 무덤에 놓인 꽃
보랏빛 패랭이꽃
엄마 얼굴 보고플 때
떠올리는 꽃
보랏빛 패랭이꽃

내 어릴 때 뒷동산에 엄마 손 잡고
패랭이꽃 한 움큼 꺾어 들었지
패랭이꽃 그 꽃은 너무 예뻤지
엄마가 내 귓가에 꽂아준 꽃
보랏빛 패랭이꽃

어버이날 엄마 무덤에 놓인 꽃
보랏빛 패랭이꽃
살아실 제 못다 한 자식의 도리
이제사
시린 가슴 쓸며 쓸며
패랭이꽃
한 다발 바치옵니다

엄마 얼굴 스치며 눈물납니다
보랏빛 패랭이꽃

광목 한 필

울 엄마 삼복더위에 광목 한 필 깨끗이 빨아서
햇살 좋은 날 우리집 뒷동산에
길게 펼쳐 널고 마르면 또 축여서 널었네

누렇던 광목필 새하얗게 변하면
쌀알 풀 쑤어 광목에 풀 먹였었지
다듬이 방망이로 뚝딱똑똑
반듯이 다듬어

울 엄마는 옷본도 없이 쓱싹쓱싹 재단해서
농사지을 때 아버지 입고 하실 반소매 남방과
외출 때 아버지 입으실 중의적삼 지으셨지
남은 천 엄마 적삼 짓고 자투리 천으로
민소매 내 옷도 지어주셨지

세월 흘러 옷 만드는 걸 어깨너머로
보았던 내가 신기하고 요술 같다고 생각했던
재봉틀을 돌리며 이렇게 더운 날
바느질을 합니다

땀을 뻘뻘 흘리며 광목천 솔기 박아
빳빳한 홑이불 만들고 깔개이불 만들어야지
내 취미에 취해서 한땀 한땀
여름에 필수품인 광목 한 필

팥죽 옹심이

동지 팥죽 새알심
동동 띄워 한 그릇 먹고 나니
나이 한 살 먹을 일이
큰일이네

내 어릴 적 새알심 찾아서 팥죽 그릇
들여다보며 숟가락으로 저으면
우리 엄마
새알심은 나이만큼 먹는 거라며
주는 대로 먹으라 하셨죠

새알심 많이 먹으려고
난 언제나 나이가 많아서
새알심을 많이 먹을까
빨리 나이 먹길
기다린 적이 있었는데

이제 내 나이 너무 많아
나이 수만큼 먹을 수 없어
새알심을 덜어놓고 먹게 되네

내 나이 언제 이리도 많아졌나
팥죽 옹심이 덜듯이
내 나이도 덜어 봤으면

곱고운 색깔로 물들기를 바라며

녹음방초 우거진
산속에 들면 녹색의 향연
푸르다 못해 짙푸른 젊음
그 젊음이 좋았네
보기만 해도 힘이 솟는 푸른 잎

그렇게 푸를 줄만 알았소
그렇게 당당할 줄 알았소
황혼에 단풍과 낙엽은
상상조차 할 수 없었지

눈 깜빡할 사이
황혼에 단풍잎과 낙엽이
스멀스멀 내 곁을 맴돌고
머잖아 눈 내려 움츠리는
겨울이 오겠지

어느 날 갑자기
여기 이 자리에 서 있더이다
녹음방초 짙푸름은 어디 가고
황혼 아래 단풍잎 되어
곱고운 색깔로 물들기를
바라지만 그 또한
나의 욕심이려나

영가 전에서

꽃속의 영가님 자비하신 모습
영가 전에서 그 아버지를
닮은 아들들 손님을 맞는다
엄마를 똑 닮은 딸의 손을 잡고
꼬부랑 할머니가 스님 손을 잡으신다

또록 똑똑
목탁소리 맞추어 독경을 한다
아미타 부처님 계신 곳
그곳에 어서 빨리 가시라고
아미타불 염불하고,
어둠을 버리고 밝은 곳으로
가시라고 광명진언을 한다

곱디고운 베옷 입고 꽃신 신고 가는 님아
애절한 마음으로 정성 다한 노래
먼 길 떠나는 영가님
이승의 짐 훌훌 벗고
고이 가소
정든 님아

흐느낌에 아버지를 떠나보내는
딸에 애절한 흐느낌에
딸을 내려다보는 아버지의
눈물처럼 촛물이 떨어집니다

또록 똑똑
또록 똑똑
가슴이 저려오는
스님의 목탁 소리

옥수수

긴긴 가뭄을 견디며
뜨거운 태양에 옥수수는 익어간다
수정 같은 보석들을 꼭꼭 박아
먹기에도 아까운 보석바를
만들어 간다

겉껍질 고이 벗겨내고
비단결 속치마
벗겨내고 할머니 머리칼
같은 술들을 걷어내면
보석들이 알알이 예쁘게 박힌
보석바가 나온다

솥단지에 차곡차곡
물 한 바가지 부어주고
불 위에 올려주면
구수한 냄새 폴폴

한 개 들어 뜯어보니
달콤한 옥수수알 톡톡 터지며
쫄깃쫄깃 다 씹기도 전 넘어간다
어쩜 이런 맛이
여름 별미 옥수수 보석바

2부

나름대로 내려놓는 자연의 섭리

봄눈

눈이 내린다
봄에 왈츠를 듣고
봄 눈송이 사뿐히
하늘 향해 다시 오른다

떨어지면 봄바람에
녹아 버릴까
아쉬워 하늘로 다시 오른다
너울너울 춤을 추며

계절은 버들가지 눈뜨는
봄을 기다리는데
어쩌다 봄이 오는
길목에 불청객이 되었누
제 한철인
겨울을 놓친
지각생이 되었누

진달래

야트막한 산허리
붉게 붉게 무리 지어
지천으로 피어있는 꽃
접동새는 너를 위해 봄부터
교향악을 노래하고
봄바람은 살랑살랑 옆구리로
스미었나 보다

깊은 산속 햇볕이
숨바꼭질 하는 곳
나무 곁에 수줍은 듯 숨어서
새악씨 화장한 듯
엷디엷은 분홍색 부끄러워라
시골 아낙 같은 꽃이여

행여나 가신 님 오실까
목 빼고 기다리면
다람쥐 부부가 도토리
입에 물고 소풍을 온다

파도

검푸른 파도가
밀려와 포말을 일으키며
바위를 치고 울부짖는다

바다여 파도여
무엇을 보고 무엇을 느끼며
무엇을 말하려는가
봤어도 본 것이 없고
들었어도 들은 것이 없다

속으로만 삭였네
세상에 보고 들은 모든 일들을
천 년의 사연
만 년의 일을 그 뉘가 알리요
삭이다 피멍으로 토해내는
파도의 울음소리

나는 보았어도
본 것이 없고
들었어도 들은 것이 없는
그저 바람에 흔들리는 파도
뜨거운 응어리 가슴에 품고
몸을 던져 부서지는 파도
나는 파도라네

조그만 연못

따뜻한 햇살이
눈부시게 쏟아지는
조그만 연못가 물풀 위에
졸고 있는 개구리 한 마리
앙증맞은 손가락 쫙 펴서
커다란 두 눈을
세수하고 쓸어내린다

이 모습을 보려고
참방개가 공기 방울
입에 물고 뽀골뽀골
방울을 뱉으며 한 바퀴
헤엄치며 놀러 나왔다

장구아비는 제 새끼들
누가 해칠까 알주머니를
등에다 잔뜩 달고
먹이 찾아 기웃기웃 염탐하는데
빨간 고추잠자리 한 쌍이
짝짓기하며 물풀 위에
꽁지를 탕방탕방 담그며
알 낳을 자리 찾는다

조그만 연못
저마다 살기 위한
생존경쟁이 치열하고
종족을 번식하고 보존하려
나름대로 열심히 연못에 적응하며
살고 있는 모습은
사람 사는 세상에
축소판이네

고요하고 잔잔함 속에
물밑 전쟁이 한창이다

완두콩 일기

우수 경칩 지나서 얼었던 땅
풀릴 때쯤이면
나는 제일 먼저 완두콩을 심는다

살짝 녹은 땅을 헤집어
콩 대여섯 알을 정성 들여 묻어둔다
한두 알을 새먹이로 내어줘도
두세 알은 내 몫이다

얼마 후 귀여운 새싹들이
뾰족뾰족 고개를 내밀었네
어머나 예뻐라
부지런히 지줏대를 세우고
줄을 매어 너희들 집이란다
일러두었지

완두콩은 매어놓은
지줏대 줄 따라 고사리 같은
덩굴손을 뻗으며 올라간다

정성 들여 물 주고 거름 주고
잡초 뽑아 가꿔주니
내 키만큼 훌쩍 커버린
완두콩
예쁜 꽃을 피웠네
벌 나비들 모두 모여
잔치를 벌렸지

벌 나비 다녀간 그 자리
콩 꼬투리 조롱조롱
결실들이 열렸다

농부의 발걸음을 보며
곡식들은 자란다고 했다
정성으로 돌보는 농부에게
완두콩은 튼실하고 건강한
결실들로 보답을 한다

완두콩을 바라보며
놀라워라
자연의 경이로운 신비함이여

늦가을

단풍잎 져버리고
앙상한 가지엔
마지막 잎새 달랑
외로워
살랑바람 귓가에 맴도니
바람 냄새 산속 가득 풍기는데
내년 봄 채움을 위해
비움의 철학을 알았지

꽉 찬 잎새들이 떠나가고
비어있는 나목들
여백에 미가 아름답다
나름대로
욕심 내려놓는
자연의 섭리

낙엽

떨어지는 낙엽에
아픈 사연 너는 아는가
세월 가면 떨어지는 것이
당연한 것처럼
무심코 바라보는 이들아

새싹 돋아 푸른 잎일 때는
그 젊음 영원할 것 같았건만
속절없는 세월은 왜 그리 빠른지
어느새 가을이 나에게도 왔다오
어서 가라 재촉하며
바람은 나를 흔들었지

세월 가니 어느새 힘은 빠지고
노랗고 붉은 잎 갈아입고서
길 떠날 채비를 하고 있었소
거스를 수 없는 자연의 법칙이었지

바람 불고 햇살 좋은 날
훨훨 날아 미련없이
내 갈 길 가려오
나를 태워 밑거름으로 가야 하는
섭리를 알고 있기에
낙엽 되어 나는 간다오

그대와 함께

사랑하는 사람과 손을 꼭 잡고
낙엽 쌓인 만추에 오솔길을 걸어가 보자
가만히 귀 기울여 발밑에 사각사각
낙엽 밟히는 가을의 소리를 들어보자

겨울 채비 한창인 청솔모의 나무타기 곡예
도토리 알밤을 볼록하게 입에 물고
부지런히 굴을 찾아 저장하는 다람쥐 부부
딱딱딱 나무를 쪼아대며 먹이 찾는
딱따구리 소리도 들리는 오솔길을 간다

가다 보면 만나는 옹달샘 옆에 조롱박이 걸렸네
조롱박에 물을 퍼서 애기단풍 하나 띄어
사랑하는 사람에게 건네주면
후우 불어 마시는 그대 모습
시속에 풍경 같아라

햇볕은 따스하고 하늘은 높아라
한가로운 가을 아름다운 만추의 오후
이야기 도란도란 가을은 깊어가고
그대와 나의 가을도 익어간다
만추의 예쁜 단풍처럼

참새

엄마새가 먹이 물어 왔다고
짹 짹 짹
배 고프다고 아기새가
찍 찍 찍

농가집 원두막에 새집을 지어놓고
걱정스레 날았다 앉았다 반복해서
찍찍 짹짹

복들이 하느라 원두막에 모여
삼계탕에 막걸리 한잔 기울이는데
참새 한 쌍이
제 새끼들 어찌될까 싶어
날아올랐다 앉았다
난리다

부모의 심정은
사람이나 짐승이나
다를 바 없네

걱정하지 말거라
네 새끼들은 안전할 테니
같은 공간이니 잠시
공유할 수밖에

낙엽

바람이 불어온다
낙엽이 우수수 길 위에 쌓인다
그 위를 자동차가 쌩하니 달린다
누워있던 낙엽들이 모두 일어나
생명이 다함을 아쉬워하며
철새처럼 파닥이며 달리는 차를 쫓는다
때론 수많은 나비처럼 팔랑팔랑 날아오른다

낙엽은 달리는 자동차 뒤를
바람에 휘날리며 따라가다
따라가다
주저앉는다

아서라 낙엽들아
이젠 너희들도 할 일을 다해서
그만 쉬어도 되지 않겠니?
내년 봄 나무밑에 거름되어 환생의
삶을 이어가면 어떠랴

귀뚜라미

길고 긴 여름밤을 서리서리 돗자리로 엮어서
님 오는 길목에 고이 깔아 드리리
옆도 말고 뒤도 말고
이 길 따라 오소서

스산한 바람 귓가에 스치면
짝을 찾는 절박함에
귀뚜라미 제 살 깎아
울림창을 비벼댄다
귀뚤귀뚤 귀뚜르르

초가을 싸늘한 밤
잠 못 들 제
짧디 짧은 이 밤이 야속해라
이 밤도 님은 안 오고

이 소리 못 듣는가
이 길이 안 보이나
어느 새 이슬 내린 새벽녘
가을밤에 귀뚜라민
슬픈 노래를 한다

귀뚜르 귀뚜륵

산길을 간다

깊어가는 만추에 나뭇잎 하나
팽그르르 떨어져 뒹구는 가을길
산길을 간다

붉은 진흙길 구불구불 구비 돌아
산들바람 친구 삼아
다람쥐 청솔모 산짐승도 친구 삼아
타박타박 산길을 간다

자작나무 노오란 잎도
애기 단풍 빠알간 잎도
도토리 나무에 갈색 잎도
늘 푸른 솔잎도
소복이 떨어져 한 둥지를 틀었네

나를 졸졸 따라오는 흰구름과
내 머리와 목덜미에 살짝 올라
내 볼을 간지럽히는 바람과
타박타박 산길을 간다

가을이어라
생각이 깊어지는 만추에
사색에 잠겨 산길을 간다
산길을 간다

만추

아름답고 쓸쓸함이
함께 하는 만추에 계절
울긋불긋 단풍잎은 어디를 가나
그림 같고
갈바람에 우수수 제 길 가는 잎새들
오솔길 가득 쌓인 낙엽은
나그네 발걸음에 사각사각
노래를 한다

은빛머리 풀어헤친 억새꽃이 무리 지어
바람에 일렁이고
외로운 갈대 위에 떨고 있는 작은 새
누구를 기다리나
풍성함과 쓸쓸함의 만추가
가고 나면 아쉬움에 구멍난
이 가슴을 어이 할까

지금 나는 어디쯤 와 있을까
만추 끝자락에 서서 내 모습을 본다
봄도 가고 여름도 보냈는데
갈대 위에 몸을 맡긴
작은 새
떨고 있는가?

가을비

겨울을 재촉하며 비가 온다
이 비 그치면 단풍 물결 서서히 밀려 오겠지
산을 따라 들에도 내 마음에도

가을비 오는 날엔 배낭 하나 둘러메고
친구랑 둘이서 도착지 없는 여행을 떠나고 싶다
차창 밖에 스치는 멋진 풍경들
시가 걸린 예쁜 찻집에 내려
진한 커피 앞에 놓고 옛이야기
도란도란 나누고 싶다

가을비 오는 날엔 친구와 우산 하나 같이 쓰고서
구불구불 논들길을 건너가 보자
도화지속 수채화가 이리 멋질까?
밭에는 볼 빨간 사과 논에는 황금 벼이삭

가을비 오는 날엔 한 잔에 차를 음미하며
깊은 생각 속에 나를 비운다
비움이 진정 채움임을 알기에
쉼 없이 달려온 인생의 여행길에서
이젠 삶의 회향을 잘 하게 하소서
두 손 모아 기도하네
지금도 창밖에 가을비는 내리고

겨울나무

마음 비워 텅 빈 가슴
겨울 한철 비운다고 누가 뭐랄까
동동 걸음 재촉하며 살아가는 우리네
조금 잠깐 쉬어간들 어떠리

나목은 우리에게 말한다
비워줘야 채워진다
화살같이 흘러가는 세월
쫓고 쫓아 옆도 뒤도 볼새 없이
바쁘게 살아 왔으니
겨울 한철 몸도 마음도
쉬어가라 추운 겨울 내렸네

속으로 속으로 응축시켜
뜨거운 불덩이 가슴에 품고
내일을 위해 준비하는
겨울나무야
쉼이 있어 건강한 삶이 있고
비움이 있어 채움이 있는 것

꽃피는 봄을 기다리며
새싹을 가슴에 품고
바람 불고 눈 내리는 엄동설한
꿋꿋이 지켜내는 겨울나무야

시월의 길목에 서면

시월에 길목에 서면
푸른 하늘에 기러기떼
줄지어 유영하고
들녘에는 오곡결실 바람에
일렁인다
강가에 메밀꽃은 싸락눈을 뿌린 듯
새하얀 세상을 이루었네

자전거 탄
연인들은 사진 찍기 바쁘다
산에서 단풍 물결은 서서히
밀려오고
산들바람 살포시 얼굴을 스치네

시월의 길목에 서면
나는 친구랑 훌쩍 떠나
단풍이 내려오는 야트막한 언덕에서
단풍 마중도 하고 싶고
언덕 밑 고즈넉한 찻집에선
진한 커피향에 취해 옛이야기
도란도란 나누고 싶다

해질 녘 노을을 바라보며
찌들은 몸과 마음 비우고 싶다
물안개 피어오르는 호숫가에서
내가 누구인지 어디서 와서
어디로 가고 있나
자신을 돌아보며 사색에 잠겨
보고도 싶다

시월이 오면
오곡백과 무르익는
들판을 보며 나는
새삼 살아있음을 느낀다
벌써 부지런한 농부는
나락을 거두었고
주렁주렁 사과는
어서 나를 갈무리해 주세요
붉은 볼을 내밀며 윙크한다

결실에 계절인 시월이 좋다
시월엔 누군가에게 정성 들인
손편지를 써야만 될 것 같다

시월이 익어가는 길목에서….

나무

새봄에 잎을 피워
한여름 청년의 나무
짙푸른 나뭇잎을 둘러입고
기세가 등등 바람이 불어도
새들이 날아와도
한없이 푸를 것만 같았지
꿈쩍도 않고 당당했네

머잖아 가을이 오겠지
푸르던 젊음 어디 가고
힘 빠진 황혼이 오고 있네
푸르던 잎 어느 새
누렇게 변해가고 앙상한 가지마다
나뭇잎은 떨어지네

흰눈이 내려앉고 겨울이 찾아오네
동장군에 기세에 눌린 느티나무
그러나 어쩌랴
사계절 철칙은 변함없고
이 겨울 잘 견디어 내면
꽃피는 봄이 찾아오리니
그때를 기약할 수밖에

3부

사랑의 불씨를 잘 가꾸면

동행

혼자 가기 힘든 길
난 네가 있어 좋고
넌 내가 있어 좋은 길
동행길

평생을 함께 하길 기약하며
주례 앞에 맹서로 시작한 길
부부의 동행길

가다 보면 기쁨보다
힘든 날이 더 많아도
함께 가야 하는 길
우린 평생을 옆지기로
있어야 할 동행입니다

네가 있어 행복한 동행길
내가 있어 함께 하는 동행
이 세상 끝나는 날
동행이 있어 외롭지 않았고
살 만한 날들이었다고
말할 수 있는
우리들의 아름다운
동행길

하남댁이 된 파리

비 오는 날 시골에 가서
고추를 사서 꼭지 따고 차에 실었네
차 안에는 파리 두 마리가
무임승차를 했네

오는 동안 파리를 내보내려 쫓아도
무임승차한 파리는 요리조리
날아다니며 약을 올린다
무임승차 손님을 내보내려
애를 써도 안 내리네
서울을 가야 하는데

너네들도 물설고 낯선 서울보다는
그래도 이천이 좋지 않을까
그만 내려라
막무가내 약 올리며
차 안을 휘젓고 있네

에라 모르겠다
그럼 서울로 시집 보내줄게
가자

하남 톨게이트
앞에서 차가 서 있는 동안
창문 열고 내보내니 파리는 얼른 내린다
하남으로 시집을 가고 싶었나 보다

낯설고 물설은 곳이지만 자수성가해서
자알 살거라
너희가 원한 곳이니
내는 모른데이

유효기간

있을까? 사랑에도 유효기간이
있다면 얼마나 될까?
남녀가 만나 사랑을 하고
헤어짐이 아쉬워
결혼하고 싶어질 때
사랑에 유효기간은 없을 거라고
없다고 믿을래요

오백 생의 인연 따라
부부의 연을 맺어
그댈 만났네요
모래알같이 수많은 사람들 중에
그 중에 그대를 만났네요

사랑으로 맺어진
우리는 부부랍니다
죽음이 우리를 갈라놓을 때까지
서로 아끼고 사랑하는
부부이지요

사랑에 유효기간
그게 뭔대요
다만 살다 보면 사랑하는 마음이
조금 엷어질 수 있겠지만

유효기간이란 있을 수 없어
젊어 뜨거운 가슴으로 사랑할 때는
불꽃이 튀는 사랑으로
시작을 했고
자식 낳아 기르며
자식들에게 그 정성 다주었지요

불같이 뜨겁진 않아도
서로 아끼고 사랑하는
중년의 은은한 사랑을 아는가
바라만 봐도 무엇을 말하는지
알 수 있는 노년의 사랑을 아는가

사랑의 불씨를 잘 가꾸면
사랑의 유효기간은 없을 겁니다

세월

여보, 내가 약 먹었어요?

모르겠네!
약 먹는 거 본 것도 같고
못 본 것도 같은데

누가 그런 소리 못하겠어
당신 사과 가지러 가더니 어디 있어?

앗, 잊어버리고 안 가져왔다!

아침마다 남편과 나누는 대화다
세월의 흐름이 무섭다
나이가 무섭다

소풍

형님들과
아우들과 소풍을 갑니다
김밥 싸고 계란 삶고
밤도 챙겨 소풍을 갑니다

알록달록 고운 옷 차려 입고
예쁘게 치장하고
우리 모두 소풍을 갑니다
푸른 하늘엔 뭉게구름이
그림을 그렸고
단풍은 서서히 부지런을 떠네요

우리는 소녀처럼
들떠서 여기저기 모여서
이야기 나누고
먹을 것 맛나게 먹으며
소녀처럼 오랜만에 즐거움을 나눕니다

콧바람 쐬는 게
모두의 마음을 들뜨게 하나 봅니다
좋은 인연들과 함께 하는
오늘의 소풍은
참 좋은 날
기분 좋은 날

녹옥혼식

젊어 철 없을 때 결혼해서
패기있게 세상을 향해 도전을 했지
내 집 떠나 시댁 낯선 곳으로
남편 하나 믿고 보금자리 틀었네

큰아이를 뱃속에 품은 일 년은
내생에 꿈같이 행복한 최고의 시간이었네
큰아이를 낳아 기르며
온 세상을 다 얻은 듯 부러울 것이 없었지

일 년에 세월 정신없이 흘렀고
우린 두 번째 귀한 선물 아들을 얻었네
두 아이를 키우는 엄마가 되고
세상에서 제일 바쁜 주부가 되었지

우리의 위기는 너무 일찍 찾아왔지
일 나갔던 당신이 사고로 다쳐
생사를 알 수 없는 상태로
서울 큰 병원으로 실려갔었지
큰아이 세 살 작은 아이 칠 개월
하늘이 노랗고 주위가 깜깜해
아무 것도 안 보였지

큰아이 할머니댁 맡기고 작은 것 등에 업고
병원에 가는 길
살아온 날들 중에 제일 긴 날이었지
등에서 아이는 울어대고
병원에 도착해 보니
당신은 정신도 못 차리고
나조차 몰라보네
기가 막혀 눈물조차 나지 않고
하늘이 무너졌지
우리 가정 이렇게 무너지나
우리 아이들은

어쩔 수 없는 병원생활 시작되었고
그 날 이후로 보름 동안 당신은
나를 몰라봤었죠
그 동안 그 기간 그 날들이
나에겐 정말로 막막하기 그지없는 세월이었네

면회를 하려고 해도 중환자실엔
아이를 업고 들어갈 수가 없었지
아이를 어디에도 맡길 데가 없는데
아이를 억지로 재워서
병실 복도에 놓여있는 침대에
재우고 잠깐 면회하고 나오면

아이는 새파랗게 질려서 울어대고
하루에 두 번씩 면회하고 나면
아이를 데리고 잠 잘 곳이 없었지
버스를 타고 집으로 내려와
잠깐 눈 붙이고 또 병원을 가고

어느 날 병원에 가니
그 사람이 날 알아보는데
이것이 꿈인가 생시인가
고맙습니다
고맙습니다
온갖 모든 신들께 기도를 했지

일 년의 병원생활 끝에
회사에 복귀했고
나와 당신은 참 열심히도 살았네요
근검절약하며 알뜰살뜰
아이들은 잘 자라 우리를 행복하게 해주었고
세월 흘러 제짝 찾아 결혼해 분가하고
당신과 나 빈 둥지를 지키는
황혼에 삶이 찾아와
녹옥혼식
어느덧 결혼 40주년을 맞았네요

이제 우리에게 남은 건 각자 건강을 잘 지켜
아이들에게 짐 되지 말고
건강하게 살아가야 하는
숙제만 남았네요.
오순도순 그저 바라만 봐도
편안하고 친구 같은
그런 부부가 되고 싶습니다

들국화 필 때면

어제 저녁 노을이 곱고
별이 총총 뜨더니
오늘 새벽 새하얗게
무서리가 내렸구나

찬서리에 놀라서 청초한
들국화가 꽃을 활짝 피웠네
두견새 우는 봄에 들녘 한 켠
아무도 몰래 싹을 틔워
더운 여름 꿋꿋이 견디고
인고의 기다림 속에
들국화는
그리움으로 피었네

들국화 가만히
보고 있자니
다시 못 올 그 먼 길 떠나간
내 동생이 그리워라

들국화 같은 사람아
은은한 향기를 품고 수줍은
미소를 머금던 사람아

세월 가면 잊혀진다
누가 말했나
상처에 딱지 앉듯
진한 그리움으로 남아서
들국화 필 때면 어김없이 찾아오는
가슴 시린 사람아

언제든지 다시 돌아와
내 곁에
앉을 것 같은 사람아
들국화 아름 따다
무덤가에 뿌려주리라

아우에게

자네 얼굴 이리도 고운데
벌써 환갑이라고?

내 나이 환갑 지난 지
몇 년이 지났지만
그저 믿어지지 않아
잊고 살았건만
자네가 환갑이라니
새삼스레 내 나이가 몇인가
헤아려 보게 되네

꽃 같은 자네도
세월을 거스르지 못하는구나
야속해라 세월이여
어찌 그리 정확하게
나이라는 선물을 배달하는지
가끔씩은 빼먹어도 될 텐데
한치에 오차도 없이
어찌 그리 잘도 찾는가?

우리가 차를 하며
같이 만나 지내온 지
몇 년인지 생각조차 나지 않네
좋은 인연으로 만나서
함께 해온 세월 동안
앞장 서 봉사하고 윗사람 배려하는
그 모습 참 아름다웠네

우리 나이는
숫자에 불과하다네
인생 육십부터라지
요즘 인생 백세 시대이니
이제부터 시작이잖아
즐겁게 건강하게
다시 시작하는 거야
예쁜 아우
환갑을 축하하네

고향

힘들고 외로울 때
그 누가 부르는가
손짓하는가

내겐 푸근하게 돌아가 안기고픈
고향 있었지
너를 부르고 나를 부르고
우리 모두 함께 가고 싶은 곳
고향 있었지

억양이 비슷하고 표준말이 오히려
이상한 곳 살아가는 모습도
수준도 비슷한 곳
그래서 언제라도 마음 편한
고향 있었지

부모가 살다 가신 곳
오랜 친구 기다려 주는 곳
산천이 정겹고
사투리가 반갑고
푸근하여 마음이 넓어지고
너와 내가 가족 같은 곳
그 곳이 내가 나고 자란
고향이었지

나의 노년엔
느릿느릿
느림에 미학을 실천하고
옆지기와 손잡고 산책하며
살고 싶은 곳

내 친구랑 동산에 올라
옛날 애기 도란도란
함께 하고 싶은 곳

날 보러 달려오는 내 새끼들
두 팔 벌려 안고 싶은 곳
그런 고향 있었지

고향 친구

고향 친구들 만나는 날
어서 빨리 만나고 싶은 친구들
한마을에 살면서
하나에서 열까지 서로를
알고 있는 친구야

아낌없이 무언가를 주고 싶다
만나서 끝도 없고
두서없어도 잘도 통하는
우리만의 대화들
부모님 형제들 마을
무엇이든 공유하고
통할 수 있지

농사 지은
고추 따서 봉지 봉지 담고
껍질 벗긴 노각오이
가지런히 담아서
배낭에 지고
버스 타고 지하철 타고
친구 만나러 갔었네

내 친구
오이 고추 담긴
배낭을 보며 좋아서
손뼉을 친다
나와 내 친구만 공유하는 선물
별거 아니지만
좋아하는 친구들 있기에
무거운 가방 메고
설레는 마음으로 만나는 소꿉친구

내 친구들 다시 만날
그 날까지 건강해라

친구

어릴 때 소꿉 친구
만나서 도란도란
얘기꽃을 피운다

장미꽃밭에서
어깨동무 사진 찍고
얼싸안고 사진 찍고.
이 순간만큼은 까마득한 옛날로
요렇게 해봐 저렇게 해봐
찍히고 찍고
야단법석이다

찍힌 사진 들여다보니
저마다의 훈장을
얼굴에 달았다

고생하며 살아온 삶의 흔적들이
온몸으로 느껴져 온다
고희를 바라보는 우리 나이
용감하고 씩씩하게 잘들 살아왔다
살기 바빠 자주 만나지도 못하고
바쁘게 살다 보니 우리 나이
황혼이다

이제라도 자주자주 얼굴 보며
살아야 하는데
아직도 한가한 친구가 없다

친구들아!
바쁘게 사는 것도 좋지만
우리 앞으로 종종 얼굴 보며 살자

내 가족 내 자식 챙기는 것이
우리들의 책임이지만
이제부터는 자기 건강도
열심히 챙겨서
자주 얼굴 보자

장마비 내리면

주룩주룩
장마비가 내리면
내 어릴 때 친구야
난 언제나 네가 생각 나

검정고무신 개울가에 떨어질까 봐
벗어들고 흙탕물을 건너던
너와 나

학교에서 공부하다 창문 밖을 내다보면
창틀 위에 세찬 비가 주룩주룩
걱정스런 눈빛으로 창밖을 보곤 했었지

비가 뜸한 틈을 타 집을 향해 내달리면
개울가에 다다를 즈음
또 검은 구름 밀려와 쏟아지는데
보자기에 싼 책보가 젖을새라
옷 속에 감춰 메고
검정고무신 벗어들고 흙탕물을
건넜었지

머리는 비에 젖어 물에 빠진 생쥐 같고
보자기 싸서 멘 책들도 흠뻑 젖었지
고무신 놓치지 않은 것이
다행이라 생각하고
엄마, 나 고무신 잘 가져왔어요
자랑 삼아 소리 질렀지

그땐 그랬지
어려운 그 시절
고무신 한 켤레가 소중했던 그 시절
내 발보다 고무신이 중요했던
그 시절

그때가 그립다
돌아갈 수 없는 그 시절이
장마비만 내리면

청보리 익어가면

일렁이는 청보리
내 어릴 적 추억이 솔솔

청보리밭 지나서 논들길 내달리면
들에서 돌아오는 엄마 있었지
넘어질라!
소리치며 멈춰 주셨지

보리피리 불며불며
여치 잡아
보릿대 엮어 만든 집에 길렀네
상추 뜯어 넣어주면 잘도 먹었지
뒷다리 높이 들어
날개 옆 투명창을
비벼대며 찌르르륵
짝을 찾으면
여치 소리 들으며
청보리는 익어가고
내 마음도 익어갔었지

풀 냄새

학교 담장 옆 조그만 공원길을 가다 보니
싱그런 풀내음 상큼한 풋내 같기도 하고
아련한 시골 뒷동산 냄새 같기도 하고

아버지 지게 가득 소꼴 베어오시면
황소 눈 굴리며 긴 혀로 낼름 대며
기다리는 우리집 누렁소에게
옛다 먹어라
던져 주실 때 나던 그 냄새

세월은 어김없는 계절의 이치를 알려준다
찌는 듯한 더위에 가을은 안 올 것 같더니
녹음이 우거지고 풀들이 키만큼 자라더니
오늘은 풀을 베어 정리하니
싱그런 풀내음이 옛 향수를 자극하네

도시에서 각박하게 살다 보니
풀내음 따윈 신경도 안 쓰며 살다가
오늘은 모처럼 향수에 젖어
풀냄새에 취해본다
아련한 고향의 향기
너무 좋은 풀냄새

별천지 마을

늦봄인가 초여름인가
부슬비는 소리없이 부슬부슬
나물 하러 가는 차
창밖을 보는 아줌마들
마음은 벌써 그곳에 가 있네

내가 누군가를 만나게 된다면
그 사람이 나를 만난 다음
사는 일이 더 즐겁고 행복해져야 한다

별천지 마을의 이정표
여기 사는 사람들의 마음이리라
남을 위해 이 세상 사람들이
이렇게만 빌어준다면
범죄는 없어지고
즐겁고 행복하겠지

한 봉지만 뜯으라는 말과 함께
모두가 밭으로 달린다
비가 오든 말든 부득부득 뜯는다
낫을 들고 와 쓱쓱 베어낸다
재미로 하는 게 아니고

이건 나물장사를 하려나 보다
노래자랑 윷놀이 제기차기
맛나게 곤드레나물밥도 먹고
고기에 국수까지

별천지 마을에
순수한 사람들 만남이 좋으니
다음에
우리 가족들과 꼭 다시
가고 싶은 곳

그 이름도
예쁜
별천지 마을

친구를 기다리며

어젯밤 친구들 만날 마음에 잠을 설쳤다
한 시간이면 족할 길을 두 시간 반이나
일찍 길을 나선다
어릴 때 소꿉친구는 언제라도 그립고
설레어 보고잡다

뒷동산에 올라 누워 뒹굴며
꽃을 따서 꿀을 빨아 먹었고,
기다란 풀을 뽑아 서로 걸어 당겨서
끊기면 지고 끊으면 이기는 게임도 하고
클로버 꽃을 엮어 반지도 시계도 만들고
여러 겹 엮어서 화관도 만들었었지

동네 어귀 골목길 흙마당에
줄을 그어 말치기도 하고
공기놀이 재미있어 끼니도 걸렀지

그리운 친구들 어느새 세월 흘러
머리엔 서리 내려 반백이 되었지
그래도 친구 만나는 날이면
난 어릴 적 순수한 마음으로 돌아간다
근심 걱정 없이 산으로 들로
달래냉이 씀바귀 나물 캐던
아련한 시절로

가끔씩은

바삐 사는 우리들
가끔씩은 하늘을 보라
어느샌가 가을 하늘 청명하게 드높고
하늘에 뭉게구름 솜사탕
몽실몽실 너무 예쁘다

가끔씩은 호숫가 나무를 보라
나도 몰래 단풍잎
곱고운 색으로 갈아 입었네
잠깐 동안 멈춰서 느껴도 보자

가끔씩은 멈춰 서서 들판을 보라
황금물결 춤추는 벼이삭들
가을걷이 한창인 농부를 보며
내 모습을 뒤돌아 보기도 하자

바삐 바삐 여유도 없이
그렇게 그렇게 살다 보니
무엇을 느끼며 무엇을 보고
내 여기까지 떠밀려 왔나
한 번 사는 인생인데
우리 이렇게 살아도 되나
다시 한번 생각해보자

좋고 좋은 날

어허라 좋을시고
팔순잔치 열리었네
아들 며느리 딸 사위
손주 손녀 모두 모여서
팔순잔치 축하하니
이 아니 좋을시고

여기까지 오시는 길
험난한 가시밭길
자식들 바라보며
힘든 줄 모르게 넘어온 길
찰나에 한 순간 보내고
허리 한번 펴고 보니
팔순잔치 되셨네

팔순의 나이테는 말하네
모든 욕망 내려놓고
나를 위해 살라네
물처럼 바람처럼 살라네
하늘의 구름처럼
자유롭게
나를 위해 살라 하네

4부

내 곁에 좀 더 있어 주지 그랬어

울 엄마

울 엄마는 열네 살
그 어린 나이에 옆집 사는 우리집
민며느리로 시집을 왔더랍니다

어려운 살림살이 입 하나라도 덜려면
좀 나은 집에 시집을 보내던지
어쩌면 똑같이 어려운 집에다 보냈는지
부모님 원망도 많이 했답니다

운명인 줄 알고 살아가는 어린 신부를
울 할매는 그리도 시집살이를 시켰답니다
긴 곰방대 입에 물고 담배만 피우시며
살림 못 한다고 곰방대로 때리기도 했답니다

없는 집에 시집온 엄마는
밤을 낮 삼아서 일을 했고
지문이 없어지도록
육 남매를 낳아서 안고 업고 길러내며
자수성가를 했습니다
막내 사위만 못 본 채 아버지는
울 엄마 곁을 떠났습니다

이젠 힘들게 살아오신
세월 편하게 사셔도 되지만
칠십에도
팔십에도
호미를 손에서 놓지 않고
근면 성실을 자식들에게
솔선수범으로 보여주셨습니다

모두 결혼시켜 떠나 보내고 살게 되신 울 엄마
자식들에 대해 서운하다
하실 때 언제나 엄마 편을 들지 못하고
엄마, 옛날 생각하면 안 돼요
요즘 젊은 사람들 다 그래요
엄마만 참으면 되잖아요

그때
왜 거짓으로라도 온전히
엄마 편이 되지 못했을까?

돌아가시기 전 치매로
한평생을 고생하신 울 엄마
울 엄마 손을 잡고 기도했습니다
엄마 이렇게 고생하지 말고
빨리 아버지 곁으로 가시라고
이건 사는 게 아니라고

그땐 정말 왜 그랬을까?
어버이날만 오면 울 엄마가
그리워진다
자식 위해 한평생을
희생하신 울 엄마가

어머니

세상 인연 끊어내고
들어온 산사
내 무엇을 구하고 무엇을 이루려
이렇게 구도의 길 가고 있나

불법 인연
내 갈 길 정진하며
내 부모 내 형제 일가친척
모두 버리고
머나먼 구도의 길 들어섰건만
병든 내 어머니 깊은 인연
차마 차마 끊을 수 없어
전생에 지은 업보 끊지 못하는
이 제자 너그러이 용서하소서

내 어머니
꽃 같은 시절
자식 위해 아낌없이 한평생을
헌신하신 어머니.
병드신 내 어머니 어찌합니까

부지런이 정진해도
따르지 못할 부처님 심오한
깨달음의 공부를
내 어찌 모르겠습니까

병드신 내 어머니
깊고 깊은 사랑
억만 분의 일이라도 갚을 수 있게
이 제자 너그러이 용서하소서
내 어머니
아미타 부처님 곁 가시는 날

못다 한 불법 인연
부처님 길
부처님 가신 그 길 따르렵니다

엄마

우리 엄마 가셨네
하늘이 무너졌네
이제 누가 있어 나를
따뜻이 안아주고 보듬어 줄까

그 아픔 같이 하지 못했고
그 슬픔 함께 나누지 못하는
그래서 난 엄마에겐 언제나
자식일 수밖에 없나 봅니다

사는 게 힘들어 하소연할 때
언제나 나에겐 엄마 있어
날 품어 안고 다독여 주셨죠
조금만 참아라
곧 좋은 날 온단다
세상은 그래도 살 만하고
아름답단다

엄마
내 곁에 좀 더 있어주지 그랬어
아버지 외로울까 봐
그리 서둘러 총총걸음으로
다시 못 올 먼 길 가셨나요

엄마라는 이름의 깊은 속을
나도 엄마 되어 깨달아 갑니다

나도 내 새끼들에게
엄마가 보여주신 크신
사랑을 실천하며 엄마처럼
살겠지요

난 엄마처럼 희생하는 삶은
살지 않겠다 다짐하지만
결국은 엄마처럼 살겠지요
나도 내 아이들의 엄마니까요

엄마,
이제 보내드릴게요
극락왕생 아미타 부처님께

아픔 없는 그곳에서
우리들 사는 모습 지켜봐 주시고
격려해 주세요
엄마, 사랑해요
우리 엄마

언니

엄마 아버지가 다시 못 올
먼 길 가셨을 때
하늘이 무너졌었지
그래도 버틸 수 있었던 건
언니가 곁에 있어
의지하며 든든했었기 때문

동생이 세상을 떠날 때도
그 아픈 쓰라림을
가슴에 묻으며
언니가 있어 추스를 수 있었지

언제나 산처럼 든든히
곁에 있어 줄 것 같았던 언니야
그런 언니가 아프다니
나이 들어 투병생활 한다는 게
얼마나 힘들 텐데
내 가슴이 무너져 내리네

철없이 어린 날
부모님 심한 반대를 무릅 쓰고
가난한 집 맏며느리로 시집가더니

한평생 호미자루 놓을 새 없이
일만 하던 언니야
일 좀 줄이라고 농사일도 놓으라고
그렇게 말려도 안 듣더니
이게 뭐야 병이 찾아왔네
형부도 언니도 투병생활로
노년을 보내게 된다니
내 가슴이 아려오네

이제 언니만 생각해
남은 시간 나를 위해 살아야 돼
지금껏 애들 위해 살아왔고
아내로서 살아온 삶이었잖아
이제 여행 좀 다니고
맛난 것 좀 먹고
예쁜 옷도 사 입고
나만의 시간도 보내보고
편하게 좀 살아봐
언닌 그럴 자격 있어
이젠 그래도 되잖아
바보 같은 내 언니야

누님

좋은 날 단풍 지듯
우리 누님 가셨네

어린 나이 시집 가서
웃어른 모시고 맏며느리
시집 살며 많은 형제 건사하고
결혼시켜 세간 낼 때
그 고생은 소설 써도 된다 하시더니

손발톱 다 닳도록
자식들 키워내 제 갈 길 보내놓고
이제 오붓이 당신 삶
사실 땐데
무엇이 바빠서 총총걸음
그리 빨리 가셨나요

아들이 별장 지어
형제들 놀러 오라 하시길래
한걸음에 달려갔지만
아픈 가슴 감춰가며
마지막을 준비한 걸
우리는 눈치채지 못했네요

하룻밤 더 머물길 바라셨던 누님을
바쁘다는 핑계로 떠나온 우리는
이제 영정 앞의 죄인입니다

우리 누님,
아픔 없는 그곳으로
훨훨 날아 가십시오
모든 시름 놓으시고
아픔도 내려놓고
근심도 걱정도 없는
그곳에서 영면에 드십시오

영정 앞에서

여보, 당신
어이하여 꽃 속의 영정으로
왜 거기 앉아 있나요?
아직은 아닌데 할 일도 많은데
난 아직 준비도 못 했는데
당신은 나를 두고
다시 못 올 그 먼 길을 어이 벌써 가려하오

다정한 그 숨결 따스한 그 손길
나에게 남겨두고
하늘이 맺어준 우리 인연 백년해로 하렸더니
어이 홀로 나를 두고 외로운 길 가려하오

어려운 시절 당신을 만나
밤을 낮 삼아 일했어도
당신 얼굴 바라보면
난 한없이 행복했소

그렇게 세월 흘러 애들은 장성하고
살림은 늘어나 오늘을 일궜네요

당신과 나 이제부터 행복 시작하렸더니
어이 벌써 이별하고 그 먼 길을 가려하오

여보, 당신
그 아픔을 곁에서 지켜볼 때
내 가슴도 피멍이 들었지만
그 큰 아픔 함께 할 수 없음에
나 당신 영정 앞에
이렇게 가슴이 아리고 먹먹합니다

내 이제 보내리요
아픔없는 극락세계 연화대로
지체 말고 아미타불 품에 안겨
온화한 그 미소로 이승에 날 지켜주오

이 세상 여행 끝나
사랑하는 당신 곁에 돌아갈 때
수고했다 말해 주고 손 내밀어
내 손 잡아주오

잘 가시오
잘 가시오 뒤돌아 보지 말고
여보, 당신
잘 가시오

어버이날

어버이날 조용히 엄마를 회상하며
생각에 잠겨 봅니다
이제 내 곁에는 어버이라
불러볼 어른이 안 계십니다

어버이 계실 때 제대로
효도 한번 해본 것 없어도
늘 자식이라 기다리던
엄마 모습이 오늘 따라
왜 이리 그리울까요

아버지 오랫동안
병석에 누워 힘들어 하실 때
저렇게 사실 바엔
돌아가시는 게 낫지 않을까?

아버지 나를 붙잡고
애야 개똥밭에 뒹굴어도 이승이 낫다더라
삶에 애착을 보이실 때
삶에 대해 뭘 안다고
극락세계 아미타
부처님 곁으로
편하게 가시라 기도를 했던가?

자식이 부모의 마음을 얼마나 알 수 있을까?
자나 깨나 자식 걱정 한평생 보내는
부모님 마음을
이제야 내가 부모 되니
그 시절 회한으로 남습니다
부모님 다 가시니
그립기만 합니다

아버지 제일

오늘은 아버지 제일입니다
가난한 빈농의 맏이로 태어나
책가방 대신 어려서부터 지게 지고
할아버지 따라 나무 하고
삽질해 땅 일구며 온갖 노동 다 하셨지요
온 동네 힘든 일 궂은 일은
다 맡아 하시던 아버지
동네에서 일 잘하는 반듯한 청년
아버지를 눈여겨보셨던 외할아버지
아무 것도 없는 집에 사람 하나 보고
엄마를 주셨다지요

당신의 시련은 끝이 없었죠
결혼해서 가정이 안정될 즈음
끌려가면 살아서는 돌아올 수 없다는
일본 탄광으로 끌려갔지요

일본까지 끌려가 온갖 노동착취에
인간 같지 않은 대우를 받으며 일할 때
아버지, 당신은 죽음에 맞서야 하는
순간이 왔더랍니다
일하던 탄광에서 매장해 놓은 폭탄이 터져
아버지를 덮쳤다지요

턱이 떨어져 덜렁거리고
피범벅이 된 아버지 당신을
같이 끌려가신 친구가
옷을 찢어 매어 막고
병원으로 후송해 겨우 살았다고
늘 입버릇처럼 말씀하셨지요

당신은 밤을 낮 삼아 일하셨고
손등은 거북이등처럼 패여 있었고
찢겨진 손가락엔 항상 테잎이 감겨 있었죠
내 어렸을 땐
아버진 그래도 되는 줄 알았습니다
육 남매를 낳아 기르며
얼마나 고생을 했을까요

아버지, 이제 당신 나이 되어보니
헤아릴 수 없는 아버지의
깊은 마음 알겠습니다

비록 당신은 가진 것 없이
갖은 고생 다 했지만
자식들한테는 최선을 다하는 삶을
보여주셨던 아버지
정직하게 법 없이도 사셨던 아버지
근검절약이 몸에 배었던 아버지
엄격함 속에 자식 사랑을 보여주며
우애 있게 살라던 아버지
그립습니다

이모

허리 굽고 등 굽은
자그만 체구를 지팡이에
기댄 채 반달 같은
눈웃음을 지으며 치아 없는
합죽한 모습으로 인자하게 웃고 있는
동화책에 나올 법한 꼬부랑 할머니가
엄마 대신 볼 수 있는
우리 이모입니다

야트막한 언덕 위 빨간 지붕 예쁜 집
삼남매 자식들 장성해 집 떠나고
빈 둥지 고향집을 지켜가며
손주들 떠들고 오는 날만 기다리며
감자며 옥수수 가꾸어 놓고
동구 밖을 내려다보시는
엄마 같은 우리 이모

올여름 우리 형제들
휴가는 이모를 뵈러 갑니다
졸수연도 지나신 구십 세
꼬부랑 이모를 뵈러갑니다
엄마 닮은 엄마 같은 우리 이모
반달 같은 눈웃음
만나러 갑니다

나이

나이 들어간다는 건
몸과 마음이 뜻대로
움직여 주질 않고
몸은 여기저기 고장이 나고
병원에 출근 도장 찍는 게
일상이 되어버렸네
젊어서 윤기 나던 피부는 어디 가고
주글주글 주름이 얼굴 가득
검은 머린 파뿌리로 변하고
기억력은 가물가물
나이 듦이 나를 슬프게 한다

다행인 것은 늙어감이
나쁜 것만은 아닌 것 같다
젊어서 아이들 키우며
발 동동 구르며 시간에 쫓겨
살아가다 보니
삶에 여유가 없이 힘들었지만
이제 인생의 황혼에서
돌아보니 그때가 그립기도 하다
노년이 되니 남을 이해하고
너그러워 짐은 노년에 여유이리라
이해에 폭이 넓어지고
감사하는 마음이 언제나 가득하다

아침에 눈을 뜨니 감사하고
따뜻한 한 끼 식사가 감사하고
오순도순 식구들이 고맙고
이웃에 사촌들이 반갑고
함께 하는 지인들이 고맙고
차 한잔 앞에 놓고 내 얘길 들어주는
친구나 동생들이 고맙고

이 나라에 태어남이 감사하고
사계절 변화하는 모습을
보며 감사하고
내 가족과 인연됨을 감사한다
혈연으로 맺어진
아들들도 감사하지만
아들과 인연된 며느리들
고마워서 감사하고
토끼 같은 손주들은
눈에 넣어도 안 아플 것 같은 강아지들
너무너무 고마워서 감사하고
무럭무럭 잘 자라주렴

나이 들고 보니 고맙고
감사할 일이 이렇게 많아졌다
늙어감이 나쁜 것만은 아닌 것 같다

아들들에게

아들들아
내 아들들아 어느새
너희들이 사십대 중년이 되었구나

청년을 지나 중년이 된다는 건
가정과 직장에 충실해야 되고
내가 한 일에 책임을 질 줄 아는
인생에 중요한 황금기임을
명심해라

중년이 된 아들아
너희들 항상 열심히 살고 있고
인정받는 사회인이지만
부모로서
노파심에 한마디 한다

아들들아
엄마 아버지 살아온 길
되돌아보니
너희들 낳아 기르며 성실하게
앞만 보고 달려왔네
너희에게 물질적으로 풍족하게 해주진 못했지만
최선을 다한 삶이었다
어디에 있든 하루하루를

헛되이 보내지 말거라
인생 황금기를 열심히 노력한
결과는
노년을 풍요롭게 하는
밑거름이 될 것이다

자식들이 반듯하길
바란다면
너희들이 모범을 보이면 된다
부모에게 효도하면
보고 자란 네 자식들
본 것만큼 행할 것이다

아들들아!
인생길 긴 것 같지만 지나와 보니
한 순간의 찰나더라
눈 감았다 떠 보니 좋은 시절
다 지나가고
지금 여기 서 있더라

할배와 손주

손주랑 할배가 공을 찬다
어느덧 손주가 초등생이 됐다
답답한 아파트에 사느라
뛰지도 소리도 못 내고
사는 놈들

오늘은 맘껏 뛰라고 놀이터에서
할배랑 공놀이에 빠졌다
손녀는 킥보드에 신났다
뛰고 싶은 아이들 심정은
예나 지금이나 똑같겠지

우리 어릴 땐 산으로 들로
뛰어다니며 찔레도 꺾어 먹고
칡뿌리도 캐어서 질겅질겅 씹었었지
풀피리도 불어보고
버들가지로 만든 버들피리도
불었었지

미세먼지가 무엇인지 몰랐고
황사가 무엇인지
오존농도란 단어는 듣도 보도 못했지
사방치기 놀이
줄넘기 자치기 고무줄놀이
해가 질 때까지 뛰어 놀았는데

요즘 아이들 보면 안타깝다
층간소음
우리에겐 없던 단어다
과외수업
그게 뭐야?
그저 아이들 클 땐 넓은 자연에서
맘껏 뛰어놀게 하면 안 될까?
할매 생각일 뿐일까?

손주에게

벌써 초등학교 입학을 한다네
태어날 때 모습이 엊그제 같은데
벌써 입학을 한다니

사랑하는 손주야
이 세상 살아가는 모든 것은
유치원에서 다 배운다고 했단다
기초가 중요하다는 뜻이겠지

사랑하는 손주야
부모에게 효도하는 사람이 되거라
사람 사는 기초가 되는 것이
부모를 생각하는 마음이란다
언제 어디서나 예의 바르고 반듯한
사람이 되거라

원대한 꿈을 갖고 꾸준히 노력하거라
자기 할 일을 다하는 책임 있는
사람이 되거라
사회에 네가 기여할 수 있는
기초가 될 것이다

사랑하는 손주야
초등학교 들어간다니 울 손주를 생각하며
이 할미에 바램들을
적어봤다

아직은 이해가 안 되겠지만
넌 그저 걱정 없이 그 날 그 날
선생님 말씀 잘 듣고 친구들과 열심히
뛰어놀면 된단다

빨리 어른이 되려고 하지도 말고
먼저 가려 애쓰지 않아도
세월이 너를
어른으로 만들어준단다

사랑하는 손주야
너는 우리 가문에
이 나라에 이 세상에
사랑받기 위해 태어난
존귀한 존재라는 것을 명심하거라
사랑한다
울 손주

울 공주

울 공주 해인이
오늘은 어른 놀이 하셨네
얼굴에 분 바르고
입술에 빨간 립스틱
수줍은 듯 몸을 꼬며 나오셨네

지금은 빨리 어른이 되고 싶지
엄마처럼 화장도 하고 싶지
예쁜 옷 입고 뾰족구두 신고 싶지

해인아,
가만히 있어도 세월이 너를
어른으로 만들어 준단다
지금에 네 할 일은
마음껏 뛰어놀고
맛난 것 많이 먹고
잠도 많이 자고
잠자는 공주 같은 동화책도
많이 보며

친구에겐 좋은 친구
배려하는 친구가 되고.
엄마 아빠에겐 예쁜 딸이 되고
할배 할매에겐 사랑스런 공주가 되고
오빠에겐 친구 같은 오누이 되렴

어른이 되려고 애쓰진 말아라
세월이 너를 머지않아
어른으로 만들어 준단다

천천히 어른이 되거라
알차게 어른이 되거라

울 강아지들

눈에 넣어도 안 아플 것 같은
우리 강아지들
세상에서 할매가 제일 좋다고
뻥을 치는 공주 해인이

어릴 적 며칠 간 할매집에 있다
즈네집 가는 길에
할머니 쌩 가버려
뭐라고?
나는 내 집에 놔두고 할머니 할아버진
이천으로 쌩 가버려 했다

웃음이 나와 한참을 웃다
저 어린 것이 부모품이 얼마나 그리웠기에
다시 저를 데려갈까 두려워 저런 말을 할까
안스러워 또 눈물이 났다

축제장에서 제기 한번 차보라 했다가
할매가 혼줄이 났다
안 차진다고 땅바닥에 구르며
큰소리로 엉엉 울어댄다
손주놈을 일으켜 세워 제기를
발에 대고 차게 하니
가까스로 울음을 멈췄다

옆에 활 쏘는 곳이 있어 해보자 했더니
안 된다고 또 팔짝팔짝 뛰며 운다
진땀 내고 있을 때
할아버지가 손을 잡고 쏘아주니
그제서야 배시시 웃는다
이런 떼쟁이가 왜 이리 예쁠까?

이젠 조금 컸다고 할매집에 오면
할머니 할아버지 등도 주무르고
요리조리 말썽도 피우고
요즘은 뭐든지 제 맘에 들면
할머니, 이것 우리집에 가져 가면 안 돼요?
만 원짜리 용돈을 주면
할머니, 나는 오만 원짜리가 더 좋은데
바꿔주심 안 돼요?

내년 입학하는 손주놈
공부 좀 하고 있나? 글씨는 좀 배웠니?
할머니, 난 공부하기 싫어요
그럼 뭐 할 건데?
나는 운동선수 할래요

그래 뭐가 되면 어떠니
건강하게 밥 잘 먹고 쑥쑥 크거라
보기만 해도 예쁜 우리 강아지들
할매 미소가 절로 흐른다

거울

거울을 보니
거울 속에 엄마 얼굴이 스친다
깜짝 놀라 자세히 보니
내 얼굴이

내 나이 들어감을 보았다
내 나이보다 자식들이
중년이 되었다는 사실이
나를 슬프게 한다

버스나 지하철에서
은근히 자리를 내어줄까
바라는 나를 보며
내가 아닌
할머니가 보인다

눈 한번 깜빡 한 것 같은데
세월 흘러 나 여기까지 왔네
거울을 보며
어머니를 보며
나에게 다짐해 보네
하루하루 내려놓으며
비우고 살아가자고

봄이 오는 길목에서

해마다 이맘때 봄이 찾아올 때면
돌아가신 울 엄니가 생각납니다

그때는 몰랐어요
울 엄니의 손주를 향한 사랑을
추위 풀려 봄빛이 돌라 하면
울 엄니 달래랑 냉이 캐어 화롯불에
빠글빠글 된장 빠글장 올려놓고
동구 밖에 나와앉아 손주를 기다렸습니다

손주 얼굴 보이면 두 팔 벌려 감싸 안으시며
어이쿠 내 새끼 왔나 얼굴 부비셨습니다
뜨끈한 밥 위에 빠글장 얹어주시며
흐뭇한 미소로 바라보셨고

지금 그 손주 자라 할매 산소 바라보며
이 세상에서 울 할머니
된장찌개가 제일 맛났는데
추억합니다

내 이제 손주 보니
울 엄니 그 맘 알겠네
할매 보러 온다 하면
시장이며 마트로 한달음에 달려가
시장 봐 오고
오물오물 맛나게 먹는 걸 보면
나도 몰래 할매 미소가 절로 번지니

이 다음 울 손주도
할머니 음식이 최고라고
말해줄까?
제 아범처럼

아들들아 며느리들아

엄마 생일 맞아
함께 여행 다니느라
고생이 많았다
따라만 다녔는데
왜 이리 피곤하니
이젠 엄마도 나이가 들었구나

그래도 이번 여행 엄마에겐 뜻깊은 여행이었다
너희들이 없는 시간 내어서
함께 해줌이 더없이 고맙구나
더도 말고 덜도 말고
더 이상 늙지 말고
건강하게 오늘만 같이 다닐 수 있다면
더없이 고맙고
너희들에게도 짐이 덜 할 텐데

엄마도 벌써 이런 걱정을
해야 하는 나이가 되었네
아들들
운전하느라 고생 많았고
며느리들
신경 써 상 차리느라 고생했다
모두 고맙다

5부

잘 살기를 바라는 마음도 욕심이런가

차향에 머물다

바람 소리 풍경 소리
산사에 은은하게 퍼지는데
스님은 정성 담아 차를 내리신다
그 향기 머금은 찻잔
나그네 앞으로 놓아 주시네

바쁜 일상 잠시 접고
차향에 취해 합장한다
찻잔 들어 눈으로 본다
그 향기 코끝에 그윽함으로
머물고
한 모금 입에 물고 음미한다
달큰하고 쌉사레한 녹차의
향이 입안 가득 퍼진다

조용한 산사에
스님이 내려주신 차 한잔이
바쁜 일상을 잊게 하는 약이 된다
눈을 감고 마음을 내려 놓는다
천상도 이승도 경계없음이
이런 느낌일까?

마음의 때를 닦듯이

햇볕 쏟아지는 봄날에
새봄맞이 불기(佛器)들을
내 마음의 때를 벗기듯
힘을 모아 빡빡
송골송골 땀이 맺히고

근심도 내려놓고
걱정도 내려놓고
시름 또한 잊고서
힘을 주어 닦아내고
내 얼굴을 비춰 보고 흠을 찾아
다시 한번 광을 낸다
탁했던 불단에 불기들
서서히 제빛을 찾아가며
반짝반짝
거울처럼 내 모습을 비춘다

맑고 밝은 마음으로
불기에 때를 벗겼네
내 마음의
묵은 때를 벗겨냈네

개망초꽃

누가 보지 않아도
예쁘다 말해 주지 않아도
조롱조롱 하얗게 무리지어 피어 나는 꽃
거센 세파에 시달려도 투박한 발길에
짓밟혀도 꿋꿋하게 버티며
잡초로 살아온 날들

누군가의 귓가에 꽂히기도 하고
삶에 지쳐 한 잔 술을 기울이고
비어버린 술병에 소박함으로 꽂힌
내 이름 개망초라네

장미보다 화려하진 않지만
아련한 안개꽃만큼 사랑받지 못하지만
산과 들 밭두렁 논두렁에
무리져 피어있는 나는 개망초꽃

꽃말을 아시나요?
화해라네요
좋지 않나요

화해하고 싶은 이들 모두 오세요
천진한 시골아이 닮아서 더욱 사랑스런
내 이름은 개망초꽃

작은 절 그곳에는

천년에 물길 굽이굽이
흐르는 강가
강 언덕 산모퉁이 휘돌아
조그만 절 하나
그 절엔
가냘프고 눈웃음이 고운
비구니 스님이 살고 있네

조그만 법당 앞엔
국화꽃이 소담스레 피어있고
햇볕 좋은 어느 날
지나가는 나그네 두 손 모으고
법당 앞에 서 있네

또록 똑 똑
맑고 고운 울림이여
비구니 스님의 청아한 염불소리
속세를 떠난 듯한 천상의 소리

무슨 인연 그리 깊어
이 작은 절 법당에 처연히 홀로 앉아
목탁 치고 염불할 제
두 손 모은 나그네
이 또한 무슨 연이런가

걸망 하나 짊어 메고
구름 가듯 지나다가 발길 닿아
멈춘 곳이 이 자리라 하더이다
인연 다해 떠날 때도
바람에 구름 가듯 떠나리라
하더이다

설봉산 종소리

천년 고찰 영월암
뎅그렁 뎅
새벽마다 울리는 묵직한 종소리

설봉산을 타고 내려 어둠을 뚫고
구불구불 산길 지나
부지런한 이를 만났네

새벽을 열고 있는 이들의
한생에 묵직이 내려앉는다
이 소리 듣는 이
마음의 평화로움 있기를

뎅그렁 뎅
지금 이 순간 감사에
두 손 모아 기도하는
부지런한 이의 귓전에
경건함을 일깨우며
종소리는 퍼져간다

뎅그렁 뎅
산에 사는 산짐승
들에 사는 들짐승
모든 미물들
지고 있는 무거운 짐
잠시 내려놓고
쉬어 가라
쉬어 가라
뎅그렁 덩
뎅그렁 더엉

가뭄의 소나기

우르릉 쾅
검은 구름이 비를 안고 달려온다

삼복더위 찌는 듯한 더위에
반가운 소낙비가 내리려나

우르릉
우르릉 쾅
옆동네로 돌면서 애간장을 태운다

내 생전 이렇게 애타게 비를
기다려봤나
때가 되면 오는 비인 줄 알았다
손주놈 온다 해서
물 있는 곳을 찾아 여기저기 계곡과
제법 큰 냇가를 돌아다녀 봐도
물 있는 곳이 없다

가물어도 너무 비가 안 왔다
곡식들은 축 늘어지고
대지는 목마름에 안타까워
애가 탄다

이대로 며칠간 비가 안 온다면
곡식들은 다 말라서
수확이 어렵고 사람들마저 생존이
어려울 것 같다

그런데 비가 오려고 천둥을 친다
시원한 소낙비 내려
조금이나마 논이나 밭이나
목이라도 축여주길
목 빼고 창문 밖을 기웃기웃
들락날락 살펴본다

장마 끝에

하늘은 파랗고
흰구름은 두둥실
장맛비 끝에
이런 날 너무 예쁜 날

살다 보면
화창한 날 있는가 하면
흐리고 비 오고
폭풍우에 휩싸이는
힘든 날도 있으려니

인생사 힘든 날도
그러려니 세월을 견디시구려
머잖아 쨍하고 볕 들 날 있고
인간사 옛말하며
사는 날 온다오

흐린 날 비 오는 날
청명하고 맑은 날
살다 보면 그런 날
모두 있다오

방생

잔잔히 흘러가는 강물
오리들이 주인인양
먹이 사냥 중이고
건너편 샛강 위에서 방생하는 사람들

방생한 물고기를
오리들이 잡을새라 걱정되어
어서 빨리 네 갈 길 찾아가라
막대기로 물풀을 저어준다

오늘 방생한 고기들이
잘 살기를 바라는 마음
이것도 욕심이런가

고기들이 생을 이어 살아가든
오리들에게 먹이가 되어 한생의
윤회고를 해탈하든
욕심을 버리고
마음을 내려놓으니
나는 나대로
오리는 오리대로
물고기는 물고기대로
한생을 살아가는 삶이
어우렁더우렁

한 순간

우리의 살아가는 모습이
한 순간의 찰나입니다

고희를 바라보는 이 나이에 나를 되돌아보니
힘들 때 슬플 때 그 세월을 견딜 땐
어서 빨리 세월 가길 바랬더니
이제 와 생각하니
그 세월도 약이었네요

한번 지난 시간은
되돌릴 수가 없고
쉴새 없이 흐르는 세월
무엇으로 막으리오

젊음이 영원할 것 같지만
지금 이 순간을 헛되이
보내지 마시오
하루를 열흘같이 쪼개서 사십시오
젊음이 영원한 줄 알았다오

이제와 생각하니
눈 한번 감았다 뜬 것 같은데
인생 너무 허무하더이다
한 순간 찰나로 흘렀더이다

그렇다고 한 순간도
헛되이 보낸 적은 없었지만
밤에도 낮에도 세월은 멈추지
않고 가더이다

늙어보지 않은 사람
늙음을 논하지 말고
최선을 다하지 못한 자
최선을 다했다고 말하지 말라

화살처럼 빨리 가는 세월
시간의 흐름을 무서워한다면
한 순간 찰나도 늦출 수 없으리

전쟁 같은 더위

요즘 더위가 전쟁터 같다
또 하루가 시작되자
벌써 아침부터 삼십칠팔 도다

울 여보는
이 삼복더위 전쟁터로
향하고
일 그만하라는 내 말엔
콧방귀도 안 뀌고
차라리 맞불 작전이란다

푹푹 찌는 요즘은
밥맛도 없고 기운도 없다
티비에선 날마다
온열환자 발생 사망
연일 보도에 있던 힘도 빠진다

며칠만 참고
견디면 시원한 바람에
하늘은 높고 말이 살찐다 했던가
그때는 잃었던 입맛도
돌아오고 미뤄 두었던 일들도
해야겠지

우리나라 사계절은
인생사 우리들과
너무 닮아 있다

초봄에 파릇파릇
새싹이 돋으면
아가들이 태어남이고,
여름에 짙푸른 녹음은
청년에 혈기왕성한 한창때이고
가을에 황금들녘은
인생에 찾아온 결실과 허전함을
겪는 장년기 같고
휴면기에 들어서는 겨울은
인생노년을 아름답게
마무리하는 마지막 계절이겠지

전쟁 같은
이 여름을 잘 견디다 보면
하늘 높고 청명한
코스모스 한들한들
아름다운 계절이 기다리겠지

오늘 하루도 정신 차리자

절 가는 길

나는 길을 간다
구불구불 멋지고도 예쁜 길
절에 가는 길
벚꽃이 터널을 이룬 길을 걸어간다
새하얗게 만개한 절로 가는 길

초파일 맞아 길옆에
색색 등이 바람에 나풀거리고
벚꽃들이 우수수
꽃비를 날려주는 길

연두색 새싹들은 날 봐달라 손짓한다
영화의 한 장면이 이리 예쁠까?

볼을 스치는 바람은 시원하고
하늘은 높고 햇살은 따스해
절로 가는 발걸음은 가볍다

이 길을 따라가면
좋은 인연 만나는 길
우리 함께 가는 길

스님

전생에 인연으로
중생구제 오시었소
먹물들인 가사장삼
더없이 근엄한데
장삼 속에
깊은 사연 시린 속을
그 누가 알까
댓돌 위에 고무신이 외롭다

속세 인연
서리서리 실타래를 품에 안고
중생들에 많은 고통
아픔으로 끌어안고
누에고치 뽑아내듯 실을 내어
풀어낸다

오늘 맺은 속세 인연
무명중생 제도할 제
중생들 백팔번뇌 무엇으로 푸오리까
원력 높은 스님께
머리 숙여 청합니다
부처되길 원하오니
사자후를 내리소서

연등

등 달았어요
영월암에 예쁜 등 달았어요
빨주노파 색색 등 줄 맞추어
두둥실 두둥실

모든 분들 소망 모아 등 달았어요
이 연등 보는 이 마음이 편해지고
이 연등 보는 이 모든 소원 이루어지고
이 연등 보는 이 모두 건강하소서

세상 갈등 없어지고
악한 마음 사라지고
부처님의 자비사랑
온 세상에 두루 받게 하소서

힘은 들었어도
뿌듯한 마음이어라

연등축제

도솔천 맑은 하늘
상서로움 가득한 날
오늘은 좋은 날
연등축제 우리들의 날

산천은 연초록빛
나뭇잎 반짝이고
맑은 하늘 흰구름은 둥실 떠 있고
바람 솔솔 불어준다

한 목소리로 올리는 우리들의 노래
부처님을 찬탄하는 기쁨이여
모든 중생 환희하여 기뻐하네
구름도 갈 길을 멈추고
지저귀던 새들도 쫑긋이

찬탄하라
기뻐하라
환희하라
감사하라
우리의 영원한 스승
부처님 이 땅에 오심을

치매예방 뇌교육

내 나이가 벌써
이런 교육을 받아야 하나
마음이 가볍지 않네

그러나 어쩌겠나
세월에 흐름을
인정하고 동참해 보기로 하자

기억력이나 행동이 예전 같지 않음은
어쩔 수 없는 나이
물건을 잃으면 어디서 잃었을까
생각이 없어지고
약속마저 잊어버리기 다반사다

첫번째 강의는 초등학교에 입학한
우리 손주놈 교재랑 비슷하네
커다란 글씨에
그림 같은 교재인데도
눈은 침침해서 들여다 봐야 하고
머리는 꽉 막혀 잘 돌아가질 않네
주산을 놓으려니
굳어버린 손가락은 알을 하나 놓을 때도
두세 개를 흩어트린다

내 나이를 인정하고
수업을 열심히 받고 늙어가는
머리를 조금이라도
늦춰야겠네

부지런히 손을 움직여 주산을 놓는다
할 때마다 답은 틀리지만
손은 움직여 주니까
안 하는 것보다는 나을 거야
위안 삼으며

주판을 턴다
다르륵

선생님

지금 이 나이에 선생님이라
부를 수 있는 이름이 있어
행복합니다

선생님,
당신을 따라 보시바라밀을 배웁니다
비가 오나 바람 부나 한결 같은 성실함에
지계바라밀을 배웁니다

나태하고 쉬고 싶을 때
선생님을 생각하며
인욕바라밀을 배웁니다
모든 생각 깨달음에
정진을 생각합니다

선생님,
고요하고 걸림 없는 모습에
선정을 생각합니다
집착없는 공한 마음
반야바라밀
바로 선생님입니다

봉사

오늘 봉사는
영축사에서
국수를 말았다

어서 오세요
웃는 얼굴로 국수를 삶아
냉수에 행구고
그릇에 돌려 담고
맛나게 내어놓은 장국을 따끈히
잘 익은 김장김치 송송 썰어
고명으로 올리고 김가루도 솔솔
손님상에 올린다

기다리던 손님은
맛나게 익은 열무김치 올려서
한 젓가락 크게 떠서 맛나게
먹는다
장국물 후르륵
엄지 척이다

당신

검었던 당신 머리 어느새 파뿌리로 변하고
깊어진 주름살 구부정한 당신 모습 보며
그 옛날을 생각하오
그 검고 윤기 나던 머리칼은 어디 갔소

당당하던 체구에 무서울 것 없이
세상 향해 돌진하던 그 패기는 어디 갔소
그 옛날 돌아보니 참 용감도 했었구려
맨땅에 헤딩하듯 젊음 하나 믿어가며
그렇게 시작해 여기까지 왔는데
여보, 우리 참 열심히 살았네
앞만 보고 달려온 당신 있어
아이들 바르게 자라서
제짝들 찾아 가정 꾸렸으니

이제는 무거운 짐 내려놓고
가벼운 마음으로
당신과 나
비우며 삽시다
황혼에 곱디고운
단풍으로 물들여지길
두 손 모아 기도하면서

곱고운 색깔로
물들어가는 주부시인

이인환(시인)

1. 밴드에서 만난 21세기 초 규방문학의 진수

밴드에서 소수의 지인들만 초대해서 소통하고 있는 임경순 시인의 시를 접했을 때 '소통과 힐링의 시' 시리즈를 이어 오면서 그동안 만나기 어려웠던 평범한 주부 시인의 모습이 강렬하게 다가왔다. 좀 과장을 섞어서 고려가요 '동동'과 조선시대의 수많은 규방가사들이 떠오르며, 우리 시대에 그 뒤를 이은 평범한 가정주부로서 시인만의 고유한 영역을 개척하고 있다는 생각을 지울 수 없었다.

밀가루 뭉쳐서 돌려가며
주물럭주물럭 힘주어 반죽을 했었지
어느 정도 반질반질해질 때쯤
둥그렇게 홍두깨 방망이로
요리조리 돌려가면서 붙지 말라고

밀가루 홀홀 뿌려가며 밀고 또 밀어가면
반죽은 요술처럼 점점 커져
쟁반 같은 커다란 달님이 되었지

마치 옷감 천을 접듯이 밀가루 뿌려가며
착착 접어서 슥슥 싹싹 썰어 실타래 만들어
끓는 물에 홀홀 털어 삶아 내셨지
뜨겁다고 삶은 국수 찬물에 헹궈
다시 삶은 물에 간 맞추고
채 친 호박 데쳐 내어 담백하게 무치고
한 그릇씩 국물에 말아내고
호박나물 고명 올려
둥그런 두레상에 둘러앉아
국수가락 쫀득쫀득
국물은 후르룩 후룩

- '엄마의 국수' 중에서

불과 몇십 년 전만 해도 우리네 어머니들이 가정에서 칼국
수를 손수 빚어주었던 모습이 생생하게 살아온다. 고려가요
'동동'이나 조선시대의 규방가사들의 가치가 빛나는 것은 지
금도 그 작품을 통해 당시의 생활상을 그대로 그려볼 수 있
기 때문이다.

임경순 시인의 작품들은 점차 사라지고 있는 1960년대와
70년대 주부들이 차려내었던 음식문화의 모습을 생생하게
담고 있다. 동시대의 사람들에게는 아련한 추억을, 후대들에

겐 잊혀가는 할머니, 어머니 세대의 주방문화를 생생하게 그려주고 있다. 아울러 지금도 시로 형상화한 대로만 따라 해도 똑같은 음식을 차려낼 수 있는 지침서 역할로도 부족함이 없다. 그만큼 문화사적 가치를 지니고 있다고 볼 수 있다.

열무 다듬어 손질해 놓고
돌미나리 돌나물 뜯어서 살살 씻어 놓고
무는 나박나박 썰어야지
통고추 불려서 믹서에 갈았다

나박 썬 무에 고추물 들이고
열무 넣고 미나리 함께
살짝쿵 섞어주고
돌나물은 맨 뒤에
입맛 나게 청양고추도 쬐끔
간 맞추어 단지에 담고

새콤달콤 먹는 날을 기다린다
입속에 침이 고인다

- '봄김치 담그며' 전문

시인은 주방에서 음식을 만드는 것에 대한 풍부한 경험을 바탕으로 구체적으로 그 과정을 그려주고 있다. 시인은 스스로 전문적으로 시를 배우지 못해 자식들과 며느리에게 보여주기 위해 쓴 글들이라고 하지만, 후대 사람이 그대로 따라만 해도 비슷한 음식을 만들 수 있을 정도로 뛰어난 형상화가 시를 읽는 묘미에 빠져들게 한다.

쪽파는 살짝 데쳐
돌돌 말아 새콤달콤
보리고추장에 무쳤다
씀베나물 초고추장에 무치고
망초나물과 여러가지 나물 섞어서
들기름 듬뿍 넣어 갖은 양념에
조물조물 무쳤다

머위잎은 된장에 들깻가루 솔솔 뿌려 무치고
된장에 쌈을 싸 먹으면 일품이다
된장찌개 빠글빠글 끓여서
봄밥상을 차렸다
- '봄을 먹는다' 중에서

요즘 젊은이들 중에 봄나물 무쳐 먹는 방법을 제대로 아는 사람이 얼마나 될까? 김치나 된장, 고추장, 심지어 김치찌개 하나까지 인스턴트 식품으로 손쉽게 구하는 시대가 되면서 어머니로부터 딸이나 며느리로 전수되던 솜씨들이 하나둘 사라지고 있지 않은가? 시인은 잊혀가는 옛 시골의 주방 문화를 온전히 살려내고 있다.

농촌의 일들이 어느 정도 한가할 때쯤이면

일손을 잠시 멈추고

냇가로 나가 그물을 쳐서

고기 잡아

고추장 얼큰히 풀고

불쏘시개로 솥을 팔팔 끓여

고기 넣고 국수 넣고 풋고추 어슷어슷

대파도 숭덩숭덩 마늘 찧어 듬뿍 넣고

고춧가루 솔솔

간 맞추어 푹 끓여내면

한 대접 후르륵 후르륵

땀을 뻘뻘 흘리며

한철이 뚝딱이었지

- '천렵' 중에서

　　모래알이 그대로 들여다보이는 맑은 복하천 자락에서 천렵을 즐겼던 추억을 안고 있지만, 지금은 확 변해버린 환경에서 사라진 문화에 대한 향수만 느끼고 있을 뿐 이렇게 시로 옮길 생각을 한 이가 얼마나 될까? 정학유의 '농가월령가'도 당시에는 당연한 일을 시로 옮긴 것이다. 당시에는 뻔한 이야기로 보는 사람이 많았지만, 시대가 바뀌면서 소중한 문화유산이 되었듯이 시인의 작품들도 먼 훗날 후손들에게는 소중한 문화유산이 될 것이라 믿는다.

　　여름철 없어서는

안 되는 오이
흔한 식재료라고
깔보면 안 되는
소중한 오이

                             - '오이' 중에서

어린 잎 내어 뽕잎차 만들고
중간 잎 내어 뽕잎나물 만들고
열매 맺어 까만 오디
아낌없이 주는 나무

                             - '뽕나무' 중에서

　이제는 오이를 마음만 먹으면 아무 때나 먹을 수 있는 것으로 알고 있거나 뽕잎을 누에고치의 먹이로만 배워서 아는 세대들이 늘어나는 요즘, 한때 오이는 여름에 빼놓을 수 없는 식재료였다는 것과 뽕잎을 이용한 차와 나물이 있었다는 것을 알려주는 이 작품들은 문화사적으로 충분한 가치를 지니고 있다.

　이밖에도 요즘 젊은이들은 쉽게 구경하기 힘든 '팥죽 옹심이', '꽁보리밥', '고구마 범벅', '고사떡' 등 점차 사라져가는 식문화에 대한 작품들은 먼 훗날 21세기 초 규방문학의 진수를 보여줄 것이 분명하다.

2. 일상에서 만난 소통과 힐링의 시

시인은 가장 개인적인 이야기로 가장 시대적인 이야기를 구체적으로 표현하고 있다. 곧 가장 개인적인 것이 가장 세계적인 것이라는 문학의 보편적 특징을 갖춤으로써 문학적 가치를 빛내고 있다.

> 돌아가시기 전 치매로
> 한평생을 고생하신 울 엄마
> 울 엄마 손을 잡고 기도했습니다
> 엄마 이렇게 고생하지 말고
> 빨리 아버지 곁으로 가시라고
> 이건 사는 게 아니라고
>
> 그땐 정말 왜 그랬을까?
> 어버이날만 오면 울 엄마가
> 그리워진다
> 자식 위해 한평생을
> 희생하신 울 엄마가
>
> — '울엄마' 중에서

요즘 치매를 포함한 각종 뇌질환으로 살아도 사는 것 같지 않은 삶을 연명하는 부모들이 많다. 의료기술의 발달로 죽고 싶어도 죽지 못해 살아 있으면서 자식들에게 무거운 짐을 안겨주는 부모들도 괴롭기는 마찬가지인 경우가 많다.

시인도 치매를 앓다 가신 어머니에 대한 아픔이 있다. 3년 병구완에 효자가 없다는 말로 위안을 받을 수는 있겠지만, 정작 당사자로서는 회한이 넘치는 일이다. 의료기술이 더욱 발달해서 치매는 병도 아닌 시대가 온다면 어쩌면 이 시도 이러한 시대상황을 잘 그려주는 작품으로 문학사적 가치를 빛낼 수도 있을 것이다. 가장 시대적인 이야기를 구체적으로 표현함으로써 가장 보편적인 작품으로 가치를 빛낼 가능성을 품고 있다.

속으로만 삭였네
세상에 보고들은 모든 일들을
천 년의 사연
만 년의 일을 그 뉘가 알리요
삭이다 피멍으로 토해내는
파도의 울음소리

나는 보았어도
본 것이 없고
들었어도 들은 것이 없는
그저 바람에 흔들리는 파도
뜨거운 응어리 가슴에 품고
몸을 던져 부서지는 파도
나는 파도라네

- '파도' 중에서

가슴의 응어리를 안고 있으면 병이 되고, 그 응어리를 잘 표현해내면 치유가 되고 힐링이 된다. '소통과 힐링의 시'에서 가장 중요하게 여기는 것이 가슴의 응어리를 표현하는 것이다. 그러다 보니 여기에서 오해하는 이들이 있다. 가슴의 응어리를 표현하라고 해서 무조건 다 표현하라는 것으로 받아들이면 문제가 생긴다.

규방문학이라고 하면 많은 이들이 조선시대의 허난설헌을 떠올린다. 그의 대표작인 '규원가'는 남편에 대한 원망을 풀어놓고 있다. '소통과 힐링의 시'를 이렇게 이해하고 따라 하면 큰일이다. 이런 식으로 가슴의 응어리를 표현하는 것은 위험하다. '규원가'는 대상인 남편이나 가족을 떼어놓고, 불특정 다수를 독자로 상정할 때는 많은 이들에게 공감을 얻을 수 있다. 하지만 독자가 남편이나 가족으로 한정한다면 결코 좋은 글이 될 수가 없다. 남편이나 가족들에게 상처를 줄 수 있을 뿐만 아니라 집안에서 일어나는 남편의 잘못을 대놓고 글로 표현해서 대중에서 망신을 준 글로 받아들일 수 있다. 이러다 보면 글을 쓰고 나서 '소통과 힐링'을 얻는 것이 아니라 남편이나 가족과 불화를 일으켜 더 큰 불행으로 빠질 수 있다.

그런 점에서 임경순 시인은 '소통과 힐링의 시'의 정석을 가장 잘 보여주고 있다. '파도'를 보면 속으로 삭힐 것은 삭히고, 표현할 것은 '파도'라는 객관적 상관물을 통해 적절히 감정이입을 하고 있다. 그러면서 거의 모든 작품이 가족과 지인을 일차적인 독자로 염두에 두고 있다. 즉 시인의 작품을 제일 먼저 읽어주고 가장 많이 영향을 받을 독자는 가족

과 지인이라는 것을 분명히 알고, 시를 통해 그들과 원만히
소통하는 노력을 기울이고 있다.

혼자 가기 힘든 길
난 네가 있어 좋고
넌 내가 있어 좋은 길
동행길

평생을
함께 하길 기약하며
주례 앞에 맹세로
시작한 길
부부의 동행길

가다 보면 기쁨보다
힘든 날이 더 많아도
함께 가야 하는 길

우린 평생을 옆지기로
있어야 할
동행입니다

- '동행길' 중에서

서로 다른 환경에서 자라, 서로 다른 부분이 많은 남자와
여자가 부대끼며 살면서 위기를 맞지 않는 부부가 어디 있겠

는가? 하지만 이렇게 표현해주는 아내가 있다면 위기는 금
방 극복할 수 있을 것이다.

엄마 아버지가 다시 못 올
먼 길 가셨을 때
하늘이 무너졌었지
그래도 버틸 수 있었던 건
언니가 곁에 있어
의지하며 든든했었기 때문

- '내 언니' 중에서

시인이 시로 소통하는 대상은 다양하다. 남편, 자식, 언니,
이모, 동생, 손주들과 시로 소통하며 행복한 가정을 이끌어
온 주부로서의 삶을 아름답게 그리고 있다. 아무리 좋은 말
이라도 자식이나 손주들에게 하다 보면 잔소리로 들려 소통
의 단절을 불러올 수 있다. 이때 필요한 것이 바로 '소통의
시'다. 시인은 자식이나 손주들이 잔소리로 들을 수 있는 말
을 시로 자연스럽게 표현함으로써, 비록 시적 완성도에 대한
비판을 받을지 모르지만, 시를 가장 효과적인 소통의 도구
로 활용하면서 전하고자 하는 뜻을 정확히 전달하고 있다.

엄마 생일 맞아
함께 여행 다니느라
고생이 많았다
따라만 다녔는데

왜 이리 피곤하니
이젠 엄마도 나이가 들었구나
- '아들들아 며느리들아' 중에서

사랑하는 손주야
이 세상 살아가는 모든 것은
유치원에서 다 배운다고 했단다
기초가 중요하다는 뜻이겠지
- '손주에게' 중에서

어른이 되려고 애쓰진 말아라
세월이 너를 머지않아
어른으로 만들어 준단다
- '울 공주' 중에서

　시는 가장 효과적인 소통의 도구다. 말로 의사를 표현하
면 감흥이 없거나 감정을 상하게 해서 전하고자 하는 뜻을
제대로 전달하지 못할 수 있지만, 적절한 언어유희를 가미한
시로 의사를 표현하면 감성을 울려서 전하고자 하는 뜻을
효과적으로 전할 수 있다. 또 말은 휘발성이 있어 시공간의
제한을 받지만, 시는 지속성이 있어 시공간을 초월한 소통의
도구로 활용할 수 있다. 아울러 시는 말로 다 표현할 수 없
는 것을 표현하면서 가슴에 담긴 속내를 솔직히 드러냄으로

써 그 자체만으로도 힐링이 되는 것을 느낄 수 있다.

그러므로 시를 소통의 도구로 잘 활용한다면 누구나 일상에서 '소통과 힐링'이라는 1석 2조의 효과를 얻을 수 있다. 임경순 시인은 평범한 주부로서 일상에서 시를 가장 훌륭한 '소통과 힐링'의 도구로 활용하는 것이 어떤 것인지 잘 보여주고 있다.

3. 자연의 섭리를 따르는 시인

시는 사람이다. 시는 시인의 삶을 대변한다. 따라서 임경순 시인의 시는 자연인 임경순의 삶을 그대로 보여준다고 볼 수 있다. 시인은 비교적 어린 나이에 결혼한 가정주부로서 남편을 내조하며 두 아들과 손주 손녀들의 사랑을 주며 살고 있다. 독실한 불교신자로 자비와 보시를 실천하는 봉사활동에 적극적으로 참여했으며, 다도(茶道)를 실천하며 차 향기에 물들어가는 아름다운 삶을 살고 있다. 시인의 시에 신앙심 깊은 이야기와 차 향기에 대한 운치를 풍기는 작품이 많이 보이는 이유가 여기에 있다.

바람 소리 풍경 소리
산사에 은은하게 퍼지는데
스님은 정성 담아 차를 내리신다
그 향기 머금은 찻잔
나그네 앞으로 놓아 주시네

바쁜 일상 잠시 접고
차향에 취해 합장한다
찻잔 들어 눈으로 본다
그 향기 코끝에 그윽함으로
머물고
한 모금 입에 물고 음미한다
달큰하고 쌉사레한 녹차의
향이 입안 가득 퍼진다

         - '차향에 머물다' 중에서

    시인의 삶이 차향을 머금은 삶이라는 것을 보여주듯이 시인의 시에는 세상을 따뜻하게 바라보는 마음이 그득하다.

부모의 심정은
사람이나 짐승이나
다를 바 없네

걱정하지 말거라
네 새끼들은 안전할 테니
같은 공간이니 잠시
공유할 수밖에

           - '참새' 중에서

낙엽은 달리는 자동차 뒤를

바람에 휘날리며 따라가다
따라가다
주저앉는다

아서라 낙엽들아
이젠 너희들도 할 일을 다해서
그만 쉬어도 되지 않겠니?
내년 봄 나무밑에 거름 되어 환생의
삶을 이어가면 어떠랴

                                    - '낙엽' 중에서

　시인은 자연의 섭리를 그대로 받아 들인다. 신앙생활과 봉
사활동을 통해 얻은 가치관의 표현이 그대로 드러난다. 가
족을 사랑하듯이 주변의 모든 것을 사랑하는 마음이 고스란
히 담겨있다.

계절은 버들가지 눈뜨는
봄을 기다리는데
어쩌다 봄이 오는
길목에 불청객이 되었누
제 한철인
겨울을 놓친
지각생이 되었누

                                    - '봄눈' 중에서

봄눈을 겨울의 지각생으로 보는 참신한 발상에도 아름다운 마음이 담겨 있다. 일등만을 기억하는 세상에서 꼴찌와 지각생은 별 관심도 갖지 않는 세태의 안타까움을 반영하고 있다고 볼 수 있다. 소외된 이웃을 바라보는 시인의 마음이 담긴 것을 느낄 수 있다.

비 오는 날 시골에 가서
고추를 사서 꼭지 따고
차에 실었네
차 안에는 파리 두 마리가
무임승차를 했네

오는 동안 파리를 내보내려 쫓아도
무임승차한 파리는 요리조리
날아다니며 약을 올린다

하루를 차에서 보낸
무임승차 손님을 내보내려
애를 써도 안 내리네
지금 서울을 가야 하는데

- '하남댁이 된 파리' 중에서

일상에서 그냥 스쳐 지나치기 쉬운 파리 한 마리에게까지 애정을 표현하는 시인의 시에는 그야말로 일상을 시로 사는 시인의 삶이 오롯이 담겨 있다.

　　내 나이가 벌써
　　이런 교육을 받아야 하나
　　마음이 가볍지 않네

　　그러나 어쩌겠나
　　세월에 흐름을
　　인정하고 동참해 보기로 하자

　　기억력이나 행동이 예전 같지 않음은
　　어쩔 수 없는 나이
　　물건을 잃으면 어디서 잃었을까
　　생각이 없어지고
　　약속마저 잊어버리기 다반사다

　　　　　　　- '치매예방 뇌교육' 중에서

　누구도 피해갈 수 없는 세월의 무게, 늙어가는 길을 시인
도 피할 수 없는 일이다. 자연의 섭리를 따르며 곱고운 색깔
로 물들기를 바라며 일상을 '소통과 힐링의 시'로 가꿔나가
는 시인의 삶이 더욱 아름답게 다가온다.

■□ 후기

틈틈이 보고 듣고 느낀 점을 기록하면서
어릴 적 추억들을 회상하고
자식들에게 전하고 싶은 글들을 써가며
마음에 새기는 버릇을 들였다

그 글들을 본 자식과 지인들이 좋다며
수시로 함께 소통하며 용기를 주었고
마침내 소통과 힐링의 시를 만나
한 권의 시집으로 세상에 내놓는다

훗날 내가 가고 없을 때
나를 아는 모든 지인들과
우리 가족 아들 며느리 손주들이
나를 기억해주었으면 하는 욕심을 담아 본다

애써준 남편과 자식들에게
항상 고마움을 전하고 싶다.
함께 하며 용기를 준 지인들과
이 시집을 통해 함께 하게 될 얼굴 모를
독자님들께도 소중한 인연을 맺어주심에
진심으로 고마움을 전하고 싶다

2020년 9월에
자성월 임경순 드림